ジーク・ウォーカー《じーく・うぉーかー》
仕事で日本に来たイングランド所属の『竜殺しの勇者』。過去の一件で伊上のことを慕っている。
「ふっ、なら君は僕の
「ラ、ライッ!? ま、負けないから!」
浅田佳奈《あさだかな》
伊上のことがかなり気になっている少女。

「今日は勝たせていただきますわ」

「今回は私達が勝ちます」

「くっ……！　ま、だあああっ！」
自身へと迫る剣を目前に、飛鳥は普段の澄ました声や表情を捨てて叫びながらその場を飛び退いた。
天智飛鳥《あまちあすか》
勇者を目指し、伊上に憧れを持つお嬢様。
宮野瑞樹《みやのみずき》
伊上の教えを受け、邪道な動きを交えて戦う勇者。

最低ランクの冒険者、勇者少女を育てる 6

～俺って数合わせのおっさんじゃなかったか？～

農民ヤズー

HJ文庫
1177

口絵・本文イラスト　桑島黎音

LOWEST RANKED
ADVENTURER

プロローグ

とあるダンジョンの中。鬱蒼《うっそう》とした樹々《きぎ》に覆《おお》われたこのような場所は、現代人はあまり来ないだろう。

だが、そんな場所で今、宮野《みやの》瑞樹《みずき》と天智《あまち》飛鳥《あすか》は対峙《たいじ》していた。

「天智さん。今回は私が勝たせてもらうわね」

瑞樹が剣《けん》を持ちながらその鋒《ほこ》を飛鳥に突《つ》きつけて宣言する。

「残念ながら、勝たせていただくのは私達《たち》ですわ」

飛鳥はそんな瑞樹の言葉と態度に、同じように言葉を返してから持っている槍《やり》を構え、その穂先《ほさき》を瑞樹へと向けた。

お互《たが》いに魔力《まりょく》は使っていないし、使う様子もない。まずは様子見、もしくは挨拶《あいさつ》がわり、といったところだろうか。

瑞樹は特級の中でも一握《ひとにぎ》りしかいない、『勇者』と呼ばれるような規格外の存在だ。しかし、飛鳥は勇者とは呼ばれていないがそれでもその才覚は瑞樹に劣《おと》るものではない。これまでの経験に差はあれど、その身に秘《ひ》めた力に差はない。

二人の違《ちが》いはただ、『勇者』と呼ばれるにふさわしい力を見せる機会が有ったか無かったか……いや、違う。機会ならあった。何せ瑞樹が勇者と呼ばれるようになったその戦いに、飛鳥も参加していたのだから。

だからより正確に言うなら、〝力を見せつけること〟ができたかできなかったか。それだけのことだった。

そのことは二人とも理解している。だからこそ、二人の間では『勇者』の称号《しょうごう》は意味をなさず、力は変わらず、魔法《まほう》は使わない。

なら、あとはどちらがより上手《うま》く武器を扱《あつか》い相手を上回れるかという純粋《じゅんすい》な技量比べになる。

瑞樹が剣を振《ふ》り、飛鳥が槍を突き、そうして何度も攻防《こうぼう》を重ねていく二人。

幾度《いくど》かの仕切り直しを経て、それでもなお向かい合う二人。

「私は勝たなければならないのです！」

叫《さけ》びながら風を纏《まと》い飛鳥は瑞樹へと襲《おそ》いかかる。

これまでのお綺麗《きれい》なだけの型通りの槍ではなく、軸《じく》がブレ、乱暴で勢いだけの一撃《いちげき》。だがそうして振るわれた槍には、今までにはない〝重み〟があった。

しかし、いくら飛鳥の槍に変化があったとしても、瑞樹とて勝たなければならない理由がある。瑞樹は飛鳥の変化に驚《おどろ》きながらも剣を振るい、槍をいなし、攻撃《こうげき》を仕掛《しか》けていく。

「負けられない！　負けたくないっ！」

みっともなく地面を転がり、泥《どろ》に塗《まみ》れながらも感情を露《あら》わにして必死の形相で立ち上がる飛鳥。これまでの彼女《かのじょ》とは明らかに様子が違う。というよりも、心構え……覚悟《かくご》からして違う。

そんな飛鳥を警戒《けいかい》しながらも、瑞樹は一歩も引くことなく正面から対峙する。

そして両者ともに武器を構え……。

◆◇◆◇

「あ～、だりぃ」

頭上を見上げれば、そこにはなんの憂《うれ》いもない澄《す》み渡《わた》る空があった。

……こんな日にどっかで昼寝《ひるね》でもすれば、気持ちよく眠《ねむ》れるんだろうなぁ。

周囲にはなんの建造物もない広い場所で、俺《おれ》は魔《ま》法使《ほうつか》い用の大きな杖《つえ》に体を預けてぼんやりと空を見ながらそんなことを考えていた。

だがそういうわけには行かない。杖に体を預けていることからわかるだろうが、俺は今武装している。

遊撃《ゆうげき》として動き回るんだから、普段《ふだん》はこんな体を預けることができるようなでかい杖なんてあまり使わないが、今は別だ。

動き回る必要はなく、持っているのを隠《かく》す必要もない。

普段ダンジョンに持ってくような杖は、小さく持ち運びできるように作ってある代わりに脆《もろ》いからな。近接武器として使おうとするとすぐに壊《こわ》れる。

その点こういうでかくて丈夫《じょうぶ》なのはある程度乱暴に使ってもなんともないし、使い勝手はいい。

そもそもポジションは遊撃だけど、俺って分類的には魔法使いだし杖持っててもおかしくないだろ。

何より、学校の備品使ってるだけだから壊れても金がかからないのがいい。

学校の備品はただ丈夫なだけで魔法の補助具としての役割はそれほど高くないから、他の生徒や教導官は自前の道具を使っているが、俺はまともに戦う気はそんなにないし、どうでもいいことだな。

まあ、本当に壊したら報告書を書かないといけないからできることなら壊したくないけど。

で、そんな武装した俺が何をしているのかと言ったら、まあ仕事だ。半ばいやいやだけどな。

戦術教導官なんてもんになった、というかさせられた俺は、今日もその仕事をこなすべく宮野達の後をついて学校の授業に参加しているわけだ。

とは言っても、今この場に宮野達がいるわけじゃない。正確には全員いるわけじゃない、か?

少し離《はな》れた場所では宮野や浅田《あさだ》、それから他の生徒達が武器を振るって戦っているが、安倍《あべ》と北原《きたはら》はいない。

理由としては、いくつかのチームの前衛と後衛で分かれて、それぞれ合同で訓練しているからだ。

俺達《おれたち》のいるこっちは前衛班なので、魔法使いの二人はいないのだ。

まあ、宮野の場合はどっちにでも行けるけどな。前衛で登録していても魔法も使えるんだし。流石《さすが》は勇者。すごいなー。いいなー……なんてな。

……つーか今更《いまさら》だけど、なんで俺こっちにいるんだろう?

戦術教導官として、ただの教導官だった時にはなかった授業への参加があるのはいいとしよう。単なる雇《やと》われから公務員に変わったんだから、業務内容が変わるのも当然だ。

だが、俺は見るからに魔法使い装備だ。なんで前衛班の訓練に参加してんの？

「ちょっとあなた。まともに授業をしていただけませんか？」

そんなことをダラダラと考えていると、なぜかお嬢様《じょうさま》――天智飛鳥がこっちに向かって歩いてきて、眉間《みけん》に皺《しわ》を寄せながらきつい口調で話しかけてきた。

「よう、お嬢様。……授業って言ってもなぁ」

軽く視線を巡《めぐ》らせて広い訓練場で訓練をしている生徒達を見回してみるが、わざわざ俺が出張って何かを言うほど悪くはない。

それに、俺みたいな三級に何か言われたとしても、素直《すなお》に聞き入れてもらえるかはわからない。

もし自分よりも下位のやつに何か言われたことで反発し、意固地になってしまっては、その後の成長にはならない。

だったら最初から何も言わず、聞かれたら答える方がいいと思ったのだ。自分から聞きにきたやつならちゃんと受け入れてくれるだろうからな。……まあ、宮野達以外で質問なんてされたことないけど。

「あなたのようにサボっている方がいると、他の方々にも影響《えいきょう》が出ますので」

　そうは言っても、もう一度周囲を軽く見回すと、俺の他にも特に誰《だれ》かに指導することもなく教導官仲間でだべってる奴《やつ》もいる。サボってる、って言ったらあいつらもだろう。

「サボってるっつっても、他のやつも似たようなのがいいんじゃねえか」

　戦術教導官は通常は生徒達の訓練を見ているだけだが、質問されたら答えるし、気になったことがあったら自分達から指導をすることもある。ついでに、稽古《けいこ》相手になってくれって言われたらなる必要がある。

「あちらの方々は皆《みな》さん真面目に指導してくださいます。私は、あなたが宮野さん達以外に何かを教えたのを見たことがないのですが？」

「誰も聞いてこねえからな」

　俺だって聞かれりゃあまともに答えるし、教えろって言われたら指導くらいするつもりだ。

　だが、そもそも質問も何もこないんだ。俺がここで見てるだけなのはサボっているのとは別だろうよ。

　まあ、なぜか前衛の訓練に参加している魔法使いになんて、誰も教えを請《こ》おうとは思わないだろうけどな。何せ魔法使いの知識や技術なんて前衛にはあまり意味のないものだし。

「なら、ご自分から何か伝えてはいかがですか？　気になったことや気づいたことの一つや二つ、あるのでしょう？」

「俺、シャイなんだ。自分から話しかけるなんてできねえわ」

「よくそんなわかりやすい嘘《うそ》を……」

「嘘じゃねえさ。ほんとほんと」

冗談《じょうだん》めかしての言葉に対して、お嬢様は苛立《いらだ》たしげな目で俺を見ている。あの目は絶対に信用してないな。

しっかしまあ、このお嬢様、なんか少し気になるな。ああ、異性として気になるって意味じゃないぞ。間違《まちが》ってもそんなことにはならない。

気になるってのは、その態度だ。前に俺がこいつと話したのは昨年度の学校襲撃《しゅうげき》事件の時だった。

あれ以来こいつが宮野と話しているのを見たことはあったが、俺はこいつと直接話したことはなかったから特に疑問には思わなかったが、こうして面と向かって一対一で話してみると、なんだかあの時の素直さが綺麗に消えている。

まあ、最初に会った時のような刺々《とげとげ》しい感じも消えてるんだけどな。

襲撃の時は緊急《きんきゅう》事態だったから反発してこなかった、って理由もあるのかもしれないが、なんとなく違うような気がするんだよなぁ。

長く接したわけじゃないからそこまで詳《くわ》しくわかるわけでもないけど。

でもまあ、気になったしせっかくだから聞いてみるか。

「つか、ちっと聞きたいんだけど、前ん時と態度が変わりすぎじゃねえの？」

ほとんど関係のない俺が踏《ふ》み込《こ》みすぎたことを聞いたかもとも思ったし、答えてくれないかもと思った。でも、それならそれで構わない。どうせ聞いたのだって単なる気まぐれだしな。

「普段からあの時のように『本当の実力』で動いてくださるのでしたら、私もそれなりに尊敬の念を込めて対応いたしますわ」

そんな俺の考えに反してお嬢様は一瞬《いっしゅん》だけぴくりと反応すると、僅《わず》かに顔を俯《うつむ》かせながらそう言った。

その様子は明らかにおかしなところがあるように思える。一瞬だけ反応を見せたのもそうだし、顔を俯かせて目を合わせないのもそうだ。

何か悩《なや》みがあるような、だが悩み程度では済まないほどの大きな感情や迷いがあるような、そんな感じだな。

だが、そんなおかしさに気づきながらも、俺は何も言わないで気づかなかったふりをしてそのまま話を続ける。

「じゃあ諦《あきら》めるしかねえか。んな幻想《げんそう》追い求めてる相手の期待に応えられるわけねえからな」

実際、このお嬢様は俺のことを過大評価していると思う。『本当の実力』で、なんて言葉は、そうじゃないと出てこないはずだからな。

にしても、『本当の実力』ね……。はっ、このお嬢様は何を言っていらっしゃるのやら。あれが本当の俺の姿だとでも思ってんのかね。で、力があるのに今は真面目にやらず怠《なま》けてるとでも?

馬鹿馬鹿しい。あの時も今も、俺は俺で、俺以外の何者でもないし、『本当の実力』もクソもない。怠けてるのは間違っちゃいないし、真面目にもやっていないのは確かだ。

だが、元々俺は凡庸《ぼんよう》な才能しか持たなかった単なる雑魚《ざこ》だ。そこに期待されても困るってもんだ。

それが英雄《えいゆう》やらなんやらに見えたってんだったら、それは危機的状況《じょうきょう》だから気になった、みたいな……ああ、あれだ。吊橋《つりばし》効果的なやつだ。ちょっと違うかも知んねえけど、概《おおむ》ねそんな感じだろうよ。

「あなたは……っ」

だから俺はお嬢様の考えている『本当の俺』の妄想《もうそう》をくだらないものとして切り捨てる。

だってそれは、実在なんてしない、本当にくだらないものだから。

理想を追い求めるのは構わねえが、そんな妄想を追い求めて進むようじゃ、いつか死ぬ。だからここでバッサリと捨てさせてやったほうがこいつのためだ。

だがそんな俺の答えが気に入らなかったのか、お嬢様は僅かに俯かせていた顔をあげると、キッと俺を睨《にら》みつけた。

「どうした？」

「っ！　なんでもありませんわ！」

お嬢様は唇《くちびる》を噛《か》んで顔を歪《ゆが》めると、悔《く》やしげに言い残して乱暴な足取りで離れていったんだが……あいつ、歪まなきゃいいんだけどな。

思《おも》い込みが激しいタイプみたいだし、ああいうのは理想を追い求めすぎて歪むこともあるし、その先で自滅《じめつ》することもある。

それが分かってんならどうにか手を出すべきなんだろうが、あのお嬢様にとっての『理想の俺』じゃない俺があいつに話しかけてもまともに聞き入れられない気がする。

それにそもそも、俺はあいつの期待に応えられるとは思えない。あいつがどう思っていようが、俺は三級なんて才能しかなかった凡人《ぼんじん》だ。小細工ありの戦いならともかくとして、純粋な力比べをしたらあいつに負ける俺に、あいつの期待に応えられるはずがない。

変に期待に応えるようなそぶりを見せて、後で期待はずれだった、裏切られたなんて言われても困るし……。

そんなわけで俺に期待しないようにしてくれると助かるんだが、『俺』への期待は消えないみたいだ。

「どーしたもんかねー」

厄介《やっかい》なことにならなきゃいいがと思いながら去っていったお嬢様の姿を見ていると、ちょうど休憩《きゅうけい》をしていた宮野に話しかけられた。どうやらあの二人で模擬《もぎ》戦をするらしい。

今回は前衛用の授業なんで魔法はなしだが……さて、どうなるかな？

二人が向き合い、なんの合図もなくお嬢様が右足を出して踏み込むと、次の瞬間《しゅんかん》には宮野の目の前に現れてすでに武器を振り終えた状態で二人が対峙していた。多分お嬢様が突っ込んで槍を振るって、宮野はそれを打ち払《はら》ったんだと思う。思うが……全く見えなかったな。……仕方ない、強化するか。

一度ため息を吐《つ》いてから、俺は装備に魔力を流して自身の思考能力と視力を強化する。これが戦場なら運動能力も強化するんだが、今は見てるだけだしそこまでしなくても良いだろう。

だがそうして宮野とお嬢様の戦いを見ていたのだが、数分ほど見ていると少し気になったことがある。

攻撃して逃《に》げて攻撃して逃げてを繰《く》り返す戦い方。それがお嬢様の戦い方のようだ。槍使いってのは基本的に速度に優《すぐ》れているやつが多いし、お嬢様が使う武器と戦法としては間違ってるとは言わないが、それでもなんだか余分に距離《きょり》を取り過ぎている気がするな。

もちろん相手の攻撃範囲《こうげきはんい》ギリギリに居続けろってわけではない。自分が反応できる分くらいの安全マージンはあったほうがいいが、それでチャンスを潰《つぶ》してちゃ意味がない。お嬢様のあれは離れすぎだ。

あれだと自分より格下の相手なら通じるだろうが、伯仲《はくちゅう》した実力以上が相手だと厳しいものがある。

まあこれがダンジョンであれば仲間と行動するんだから、攻《せ》めきれないまでも抑《おさ》えることができれば十分だろうけど、やっぱり性格に反して守りに寄りすぎている気がするな。

「お久しぶりです」

「あ？　ああ、あんたも来たのか、白騎士《きし》」

二人の戦いを見ていると、今度は横から白騎士——相変わらずあのお嬢様の教導官をやっている工藤俊《くどうしゅん》が話しかけてきた。

「ええ。……今更ですけど、その呼び方は恥《は》ずかしいものがありますね。いつものように工藤でお願いします」

工藤は俺が呼んだ『白騎士』って名前に苦笑《くしょう》しているが、まあそうだろうな。

こんな世界になってから、昔よりも格好つける奴ってのは増えた。かっこいい名前をつけたり、かっこいい技名を叫んだりな。

けど、それも冒険者《ぼうけんしゃ》をやってる間だけだ。しかもそれだって、冒険者をやっていても途《と》中《ちゅう》でふと我に帰る時がある。

――あれ、これなんか恥ずかしいんじゃねえの？　と。

工藤の『白騎士』なんて呼び方はマシだ。中には『邪《じゃ》』とか『王』とか『堕天《だてん》』とかを名前に入れたり、漢字の名前に別の読み方をつけて叫んだりする奴もいるな。

まあ、俗《ぞく》に言う厨二病《ちゅうにびょう》だ。ある意味で最強最悪なその病の罹《り》患者《かんしゃ》が、この時代には結構な数いる。

二つ名ってのはそいつを示すのにわかりやすいから自己紹介《しょうかい》の時には名乗るが、私生活でまで使いたいとは思えない。俺も普段から『生還者《せいかんしゃ》』なんて不本意な名前で呼ばれるのは嫌《いや》だしな。

工藤も目が覚めた側なんだろう。あるいは最初っから常識人側だったのか？　功績を残した冒険者に名前を与《あた》えるのは自分じゃないし、勝手に決められて呼ばれるようになったとしてもおかしなことでもない。まあ、中には自分で名乗る奴もいるけどな。

「久しぶりって言っても、そんなじゃねえだろ。つーか、待機室で割と頻繁《ひんぱん》に会ってんじゃねえか」

こいつも教導官として学校に来ている以上、俺と出会う機会ってのはそれなりにある。それに、学生達が座学の時は俺達は待機室で休んでたり訓練場や図書室など、学校の施設《しせつ》を使っていることがあるので、そういった時にも顔を合わせたりしていた。

「そうですが、まあいいじゃないですか。最後に話したのは一週間くらい前ですし、久しぶりでも間違っていないと思いますよ」

「そうか？」

一週間は久《ひさ》し振《ぶ》りなのだろうか？　そもそも『久し振り』ってどっからどこまでだ？　まあどうでもいいか。

というかこいつ、どっから……ああ、あっちの集団からか。

「あなたはあちらの輪の中に入らないのですか？」

俺は工藤がどっから来たのか、こいつの背後を確認《かくにん》したのだが、その先には数人の教導官が集まってこっちを見ていた。

多分あいつらの間では情報交換《こうかん》をしていたり、各生徒達について話し合いをしたりしているんだろう。その中に入って話に交ざれば多少なりとも有益な時間になるかもな。

だが俺はそうしないし、これからも交ざるつもりはなかった。

「あちらのって、あいつら全員二十代だろ。そん中に入ったところで輪を乱すだけだろ」

あそこにいるのはほとんどが先天性覚醒者《かくせい》で、まあつまり——若者だ。

若者って言っても大体が二十半ばから後半だから微妙《びみょう》だが、少なくとも三十を超《こ》えているやつは誰もいない。いても二十九だな。

それに、あそこにいるのは全員一級。

というか、戦術教導官なんてのは一級がほとんどで、中には二級もいるみたいだが、その力はほぼ一級といってもいいような才能の持ち主達だ。割合としては八二、あったとしても七三くらいの割合だ。

だがその中には三級なんていない。だってのにここに三級が一人だけいる。まあ俺なんだがな。

そしてさっき彼《かれ》らは先天性覚醒者と言ったが、それは言葉の通りの意味の先天性ではなく、十二歳《さい》までの成長期を迎《むか》える前までに覚醒した奴らのことだ。言うなれば『早期』覚醒者だな。それでもあえて『先』天性と『後』天性なんて呼んでるのは、区別するためだと思う。分類を、じゃなくて人の意識を、だ。

多分それは、『下』を作ることでその技量を伸《の》ばさせようとしたんだろう。

人は何かにつけてマウントを取ろうとするもんだし、下に見ているやつに負けるのは気に入らないだろう。自分の下の奴らに負けないように努力するはずだから、それを狙《ねら》ったんだと思う。まあ、よくある方法だな。

そうして努力し、「お前達はすごいんだぞ」なんて言われながらやってきた彼らには、少なからず差別意識というか優越感《ゆうえつかん》というか、そういった類のものがある。

以上を踏まえて考えようか。自分達よりも一回り年上で？　自分達とは違って『後』天性覚醒者で？　階級が下？

そんなやつ、馴染《なじ》めるわけがない。ここに集められたのは教導官たり得る能力を持った奴らだが、その内面まで立派だとは限らない。

まあ当然ながら多少は考慮《こうりょ》されてるだろうから、よっぽど性格に難があるやつは功績があっても弾《はじ》かれてるだろうけど。

な？　入りづらいことこの上ないだろ？　それにそもそも、交ざったところで本当に有益かってのは疑問だしな。あいつらが俺よりもダンジョンやモンスターについて詳しいのかっていったら、多分だけどそうじゃねえだろうからな。

仲良しこよしで助け合い、なんてならないのはわかりきってる。だから楽しいもんでもないし、無視してた。

「そうでもないと思いますよ。あなたと話してみたいと思っている方は結構いるみたいですし」

「話ねぇ……」

工藤の言葉にもう一度視線の奥《おく》にいる教導官達を見るが、俺はすぐに結論を出した。

「だめだな。めんどくせえ」

「それは残念」

残念、だなんて口にしているが、実際のところでは俺がそう言うのをわかっていたんだろう。その口調はとても軽いものだ。

それに、多分こいつ自身あいつらの話を無駄《むだ》だとでも思っているんじゃないだろうか？なんとなくだが、そんな感じを受けた。まあ、関わらないでいいならそれでいい。

こいつも話のとっかかりとして話題に出しただけみたいで、本気であそこの集まりに参加させようって気はなかったみたいだしな。

だからそんなことよりも、今はこいつがきた理由の方が重要だな。

「――で、なんのようだ？」

「純粋な世間話はしていただけませんか？」

工藤は少し困ったように表情を歪めて言ったが、世間話ねぇ……。

「……まあ今は暇《ひま》だし、しても構わねえよ。けど、そっちにはなんか話してえことがあんじゃねえのか？」

　俺としては世間話でも教導官としての指導でも、話しかけてきたんだったら別に誰がどんな話をしても乗ってやった。ぶっちゃけ暇だしな。

　だがこいつはそうじゃない。世間話でも指導でもなく、なんらかの目的を持って俺に話しかけていた。

「お見通しですか」

「お見通しっつーか、話でもなけりゃあわざわざ来ねえだろ」

「それはまあ、そうですね。気安く話しているとお嬢様が嫉妬《しっと》しますから」

　俺の言葉に工藤は肩《かた》を竦《すく》めて答え、かと思ったら表情を困った様子のものへと変える。

　そして、一旦《いったん》視線を俺から外して学生達が訓練している様子へと移した。

　俺もそれに釣《つ》られて視線を移すと、工藤の視線の先では疲《つか》れを見せながらもまだ余裕《よゆう》のありそうな様子で戦いを続けている宮野とお嬢様の姿が目に入った。

　あいつらまだやってんのか……。

「……実は、飛鳥お嬢様のことでお話が……いえ、お話よりも相談でしょうか」

「お嬢様のことねぇ」

　俺は工藤の言葉に、先ほどまで話していて、今は訓練として宮野に向かって槍を振り回している天智飛鳥の姿を注視する。

「ええ。あなたから見て、お嬢様はどうですか？」

　どう、って言われてもなぁ。

「槍捌《やりさば》きも体捌《たいさば》きも問題ない。戦いの運び方も上手い。まあ基本に忠実な、お手本通りの戦い方だな。プロとしてやってくだけなら十分じゃないのか？　どっかのだれかから名前を与えられるくらいには成功するだろ」

　勇者の称号までもらえるようになるかはわからないが、それでも素質だけは十分だ。その上、本人に向上心がありしっかりと学んでいる。

　あいつは文字通り、生まれついての先天性覚醒者だけあって、その力の扱いには慣れているようだし、小さい頃《ころ》から訓練していたんだろう。槍の扱いも体の動かし方も綺麗なもんだ。

　それらしい衣装《いしょう》と装飾《そうしょく》の施《ほどこ》された槍を使って戦えば、舞《まい》のように見えるんじゃないだろうか？

　しかもあれは魔法を使わない状態での戦いだ。あいつは本来宮野と同じように魔法を併用しての戦いをするはず。宮野とは扱う魔法の属性が雷《かみなり》と風って違いはあるが、基本は同じだろうよ。

見たところ魔力の澱《よど》みも感じられないし、魔法の練習もしているんだろう。訓練を疎《おろそ》かにしたりしてあまり魔力を動かさないやつだと、魔力がスムーズに動かなくなるんだが、あいつの魔力の流れは本職の魔法使いに引けをとらないくらいに綺麗なもんだ。

「本当にそう思っていますか？」

「ああ。思ってるさ。あのお嬢様なら、家の名前を傷つける事もないだろうよ。それに、そのうちあんたも追い抜《ぬ》くと思うぞ」

まあ、あくまでも『普通《ふつう》に大成する程度』ならいける、ってだけだがな。

イレギュラーでも問題なく倒《たお》せるような……それこそニーナみたいな超人《ちょうじん》にこのまま鍛《きた》えていってなれるかって言ったら、多分無理だ。

無理だって思ったのは、あのお嬢様はニーナに比べて才能の格が落ちるってのは確かにあるが、それ以前の問題だな。

「では、イレギュラーに遭遇《そうぐう》した場合は？」

「……」

一瞬前までイレギュラーに遭遇した時のことを考えていただけに、工藤の言葉でぴくりと指先を動かして、黙《だま》り込んでしまった。

「一級のダンジョンの中でも上位に位置する難度のダンジョンでイレギュラーが発生した場合、お嬢様は勝てると……いえ、生き残れると思いますか？」

「……逃げに専念すればあいつ自身は十分に生き残れるだろ」

俺の見立てでは、今の宮野は特級相手でも一人で生き残れる程度には強いし、あのお嬢様もそれくらいにはできると思う。

勝てる、倒せるって話になるとまた違ってくるが、少なくとも逃げ切ることはできるはずだ。

「つまり勝つことはできず、何か守るものがあれば逃げ切ることすらできない」

工藤はぴくりとも表情を動かすことなく、重々しい口調で言い切った。

だが、それは事実だ。お嬢様一人なら逃げ切ることはできるだろう。しかしながら、他の者を守ろうとしたのなら逃げ切ることはできないだろうというのが俺の予想だ。

もちろんそれは俺達の予想でしかない。予想を裏切って特級のイレギュラーに勝つかもしれない。

だがたとえば、そうだな……以前にあのお嬢様達《じょうさまたち》と戦った時に出てきた多腕《たわん》の巨猿《きょえん》を相手とした場合、誰かを逃《に》がそう、守ろうとしながらお嬢様が戦った場合、九割方死ぬ。

あの猿《さる》が相手でさえそれだ。あいつは特級の中でも厄介な方だったが、最強ってわけじゃない。あの巨猿の上にはまだまだ上がいて、そんな敵と遭遇でもしようものなら、確実と言っていいほどの確率で負ける。そして、ダンジョンでの負けは、すなわち『死』に他ならない。

工藤もそれがわかっている。だからだろう。こいつは真剣《しんけん》な表情で俺を見つめると、ゆっくりと口を開いた。

「お願いがあります」

「お嬢様を鍛えろってんなら、お断りだぞ。俺は宮野達を鍛えるだけで精一杯《せいいっぱい》なんでな」

確かにあのお嬢様は元々の能力はある。俺みたいな戦い方をしろとは言わないが、あとはあの基本に忠実だが真《ま》っ直《す》ぐすぎる戦い方を少しだけ泥臭《どろくさ》く変えることができるようになれば文句はない。

だが、それは工藤では教えることはできないだろう。こいつは怪我《けが》をして引退したと言っても、その力は特級。力がない故の戦い方なんて知らないはずだからな。その点『生き残るための戦い方』を教えるんだったら俺の方が適任で、俺に頼《たの》むってのは理解できる。

しかしだ。理解できるからといってそれをやるつもりはない。

ただでさえ人を完璧《かんぺき》に育てるのは大変だってのに、宮野達以外にも育てろってなったら無理だ。それも、お嬢様を鍛えるとなったらその仲間までも鍛えないといけない。ダンジョンに入る以上、個人だけが強くても意味はないからな。

あのお嬢様の性格を考えると尚更《なおさら》だ。誰かが死にかけると助けに入るだろうから、そういう状況にならないようにお嬢様の仲間全員を鍛えないといけない。

だが、それだと多すぎる。教える人数が多ければそれだけ教えは半端《はんぱ》なものになり、ある程度までは育てられたとしても、多分どこかで綻《ほころ》びが出て……死ぬことになる。

俺が教えるのが半端だったせいで誰かが死ぬなんて、そんなのはいやだ。

だったら最初から俺が手を入れないで、今のまま育った方がいいと思う。それに、宮野達のことも半端になる。

だが、そんな俺の考えを感じ取ったのか、それとも元からそうだったのか、工藤は首を振って否定した。

「いえ、そこまでは」

違うのか？　そうなると、なんか俺が自意識過剰《かじょう》みたいで少し恥ずかしいな。

でも、そこまでは、ってことはだ。〝そこまでではない事〟は頼むつもりか？

「助言をお願いしたく」

鍛えるんじゃなくて、助言か。それくらいならば、まあ負担にはならない。

だが、さっきまでのお嬢様の態度と俺への感じ方を見るに、下手に何か言おうものならなんだか拗《こじ》れそうな気もするんだよな。

しかし、俺が何も答えることなく黙ったまま悩んでいると、工藤が徐《おもむろ》に口を開いた。

「……先ほどあなたは『そのうち私のことも追い抜く』と言いましたが、ええ。私もそう思います。ですが、それは『そのうち』であって、『すぐに』ではない」

まあ、そうだな。総合的な能力を単純な数字に置き換《か》えたのなら、工藤よりもあのお嬢様の方が上だろう。だが直接戦えば、たとえ魔法有りだったとしても工藤が勝つはずだ。

「お嬢様の素質から言って、すでに私程度なら抜いていてもおかしくない。だというのに、未《いま》だ私に勝てていない」

だがそれは、持っている力の差でも技量の差でもなく、経験の差。

お嬢様は槍も、そしておそらくは魔法も基本は完璧にこなしているが、基本以外の駆《か》け引きや騙《だま》し合い化かし合いなんてのは、まだまだ甘《あま》いのだ。

フェイントを三つ四つ重ねれば、多分釣れる。

俺の場合は道具あり反則ありのルール無用で殺すつもりなら、おそらく無傷で勝つことができるだろう。

「私は特級と言っても完全戦士型なので、魔法についてはわかりません。もちろん知識はありますが、所詮《しょせん》表層だけのもの。本格的な指導はできません」

こいつは戦士系の覚醒者だからな。特級であっても魔法が使えないんだったら、魔法の使い方なんて指導できるはずがない。

まあその点はお嬢様のことだ。こいつ以外にも魔法の指導要員はいるんだと思うけど、それだって工藤みたいに一緒《いっしょ》に行動するわけじゃないんだから完璧に教えることなんてできないだろうな。

「お嬢様は、戦う者としての力がある。知識もある。――ですが、圧倒的《あっとうてき》に経験が足りない。そして、経験が足りないから覚悟もできない」

工藤は真剣な表情でそう言っているが、その表情の中にはなんとなくだが妹を心配する兄のような雰囲気《ふんいき》を感じた。

実際のところは兄妹でもなんでもない。以前に頼んで調べた限りではそんな情報はなかったしな。

だが、それでも工藤が天智飛鳥という少女を心配している気持ちは本物だ。俺が宮野達《たち》を心配しているように、な。

「普通ならばそこで挫折《ざせつ》し、考えるのでしょうけれど……」

「そんなんでもなんとかなってしまうから、どうにかしようと考えない」

「はい」

普通は力が足りなくなったり、足りないと感じたらその状況をどうにかすべく色々と手を考えるのだが、お嬢様の場合は挫折することは疎《おろ》か、負けること自体なかった。だから、自身の振《ふ》る舞《ま》いについて考えることがない。

「もちろんあなたとの戦いを経て、以前よりは色々と考えるようにはなりました。ですが、最近はがむしゃらに『力』だけを求めるようになりました」

「急にか？」

生真面目《きまじめ》なお嬢様のことだ、一度考えて戦うようになったってんなら『力』だけに傾倒《けいとう》するってこともないと思うんだが、俺の思い違《ちが》いだったか？

「理由としては、あの襲撃です。あの時にあなたの戦い方を見て以来、どうにも力を求め、さらには意固地になってしまっているようで他人の意見は聞かないのです」

あの襲撃の時の戦いってことは……ニーナか。

あの時は賊《ぞく》退治の時とニーナの時という二つの問題があったが、『力』を求めるっていうんだったらニーナの方だろうな。ニーナほどの圧倒的な力を見れば、あるいは感じれば、もっと力をつけないと、何て考えてもおかしくはない。

「言い方は悪いですが、格下のあなたは活躍《かつやく》できた。だと言うのに、特級である自分は何にも活躍できなかった、と悩み、普段の訓練も力を求めることに固執《こしつ》するようになってしまったんです」

「活躍ってんなら、あいつも生徒を守るために戦って敵を退けたろ」

「ええ。ですが、完璧に守ることができたわけではありません。それに、『最強』のことを知ってしまった。それだけではなく、あの戦いを見てしまった。あなたと『最強』の戦いを。完全に生徒達を守ることができず、あなたに頼《たよ》り、己《おのれ》の力が足りないと自覚していたお嬢様にとって、彼女《かのじょ》の振るう『力』は輝《かがや》いて見えたのではないでしょうか。あの力が自分にもあれば、と」

「ニーナの力か……」

お嬢様がニーナのことを見たことがないんだったら、あの戦いを……『世界最強』と『勇者』の戦いを見たことで意識が変わるってのもわからないでもない。世界最強と比べてしまえば自分なんて……、とか思っても仕方ないと思う。

けど俺《おれ》から言わせれば比べること自体間違ってると思う……というか、そもそも意味がないと思う。

工藤もそれはわかっているだろうに。ニーナは俺達と根本的に違うんだって。

そしてお嬢様自身、そのことは理解していたはずだ。理解して、臆《おく》してしまったからこそ見ていたのにあの場に現れなかった。

お嬢様は責任感が強いタイプだろうから、任された持ち場を守っていただろう。そのまま持ち場に留《とど》まっていればニーナのことなんて見ることはなかったかもしれないが、だがニーナが到着《とうちゃく》した後に敵はすぐに逃げたはずだ。残っていればニーナの攻撃《こうげき》に巻き込まれるんだから。

奴らが逃げた後に、ニーナの強大な力を感じ取ってその様子を確認するために俺達のところに来ることも、そこでの出来事を見ることも不可能ではない。

だがお嬢様は、俺達が戦っている最中も、戦いが終わった後も、姿を見せることはなかった。それは、自分〝なんか〟が行っても意味がない。何もなすことはできずに死ぬだけだ。そう思ってしまったからではないだろうか。

「あなたの戦いだけならばまだ良かったのでしょう。けれど、彼女の——宮野さんの戦っている姿も見ていたんです」

考えてみれば当然のことだが、俺の戦いを見てたってことは、その前にあった宮野の戦いも見てたってことだ。

自分が臆すほどの圧倒的な強者を相手に立ち向かった宮野。それは奇《く》しくも宮野が『勇者』と呼ばれるようになった一年前のイレギュラーの時と同じだ。そんな光景を見て、お嬢様は何を思ったんだろう。

「同い年で自分と同じ特級の少女が戦っているのに、自分は見ていることしかできない、か？」

「ええ。はっきりと聞いたわけではありませんが、断片《だんぺん》から察するにそう言うことかと」

あのお嬢様は口に出さなかったが、自分と同じ学年で、同じ特級で、同じ戦士と魔法《まほう》の両方をこなせる。多分そんな宮野のことをライバルだと思ってたはずだ。だけど、宮野は強者の前に立てて、自分は立てなかった。

それはとても悔しいことだろう。……いや、悔しい、で済むようなことじゃないのかもしれない。

「だが、んなの俺が助言なんてすれば余計に黙り込むだけだろ」

何せ、俺はお嬢様が求めているような堂々とした正しい『強さ』の持ち主なんかじゃなく、小手先の技術で足掻《あが》くだけの卑怯《ひきょう》で卑劣《ひれつ》な雑魚なんだから。

そんな俺が助言なんてしたところで、素直に聞き入れてもらえないというのは変わらないと思う。

むしろ、さっき俺が考えていたより難しい状況なんじゃないだろうか？

「いいえ。あなたの言うことは聞きますよ。あなたは、お嬢様《じょうさま》にとっての憧《あこが》れですから」

だが、そんな俺の考えを工藤は首を振って否定した。

「憧れ？　なんでんなけったいなもんになってんだよ。そんな関わりねえだろ」

俺は教導官として学校に来ているって言っても、宮野達のチームの専属と言っていいし、事実その通りだ。生徒達からの質問や訓練の誘《さそ》いはできる限り応えることになっているが、俺は宮野達以外に指導を頼まれたことはないし、そもそもあまり話しかけられたことがない。

……自分で考えていて地味に悲しくなってくるが、事実として俺は学生達との交流がほとんどなかった。そしてそれは、お嬢様とも、だ。今日だって結構久しぶりに言葉を交《か》わした。だからそんな憧れをもたれるようなものでもないと思うんだが……。

「関わりはなくとも、その功績はお嬢様の求めるものに近い」

功績ねぇ……。

「記録に記された功績ではなく、実際に敵に立ち向かい、誰も彼もを救ってしまうような彼女の求めている英雄の姿。それにあなたは最も近い」

確かにあのお嬢様は『救える者を全員救いたい』なんて願いを持っていた。

そして俺は死にそうだった奴らの命を助けてきた。

お嬢様の願いは、俺のやったことに似ている〝ように見える〟だろう。

だが、その本質は違う。俺のはただの逃避《とうひ》の結果だ。

恋人《こいびと》が死んだ理由で他の人に死んでほしくないから。

自分が助けられる範囲《はんい》で誰《だれ》かに死んでほしくないから。

だから助けた。それだけのことだ。

だって、助けられたのに助けないで後悔《こうかい》するのは辛《つら》いだろ。そんな辛いことから逃げるために、俺は見知らぬ誰かを助けてきた。最初から『誰かを助けたい』なんて考えて努力しているお嬢様とは違う。

俺は英雄なんて呼ばれるような奴《やつ》じゃあない。

「やめろよ。俺は英雄なんてもんじゃない」

「ええ、あなたはそう言うでしょう。ですが、彼女はそう思ってしまった」

……さっきのお嬢様の言葉はそれか。俺を英雄だなんて思ってたからあんなことを言ってたのか。

自分が憧れたものに、それは違うと憧れの対象に否定されたから。だから怒《おこ》って、悔しくて、ふざけるな、なんて言いたかった。

でも、立ち上がるべき時に——誰かを助けるために立ち上がれなかった自分には何も言う資格がないから、悲しくても黙っていた。

「流石《さすが》に直接の指導となると、彼女の性格からして素直《すなお》に受け入れることはできないでしょう」

まあ、だろうな。お嬢様がどう考えているんだとか、俺と工藤の考えの違いだとかはあるが、その部分に関しては俺も同じ考えだ。

「ですが、言葉だけなら……『憧れ』からの言葉なら、お嬢様も聞くはずです」

「だから助言、か……」

「どうかお願いします」

周りに人がいるここで頭を下げたりすれば目立つとわかっているからか、工藤は頭こそ下げないものの、その表情は真剣なものだった。

助言くらいならしてもいい。そう思わなくもない。だが、助言なんてのは所詮は言葉でしかない。

直接見て指導すればちゃんと教えることができるが、言葉で言うだけでは、それもあのお嬢様が受け入れられる程度のちょっとした助言で済むような言葉だけでは、完全に俺の考えややり方を理解してもらうことはできない。

もし、その助言をしたことで、中途半端《ちゅうとはんぱ》に実行したお嬢様が死んだら？

俺は他人の命なんて背負いきれない。今見ている宮野達だけで手いっぱいだ。

ふと視線を訓練をしているお嬢様の方へと向けると、訓練場ではちょうどお嬢様と宮野が模擬戦を終えたところだった。

……終わったか。

俺達《おれたち》が見ていることに気がついたのか、宮野がこっちに向かって軽く手を振ってきたので、俺はその場から離《はな》れて宮野達のそばへと近寄っていった。

「よお二人とも。お疲れさん」

二人のそばへと寄った俺がそう言うと、お嬢様は、ふん、と顔を背《そむ》けた。

その様子を見て、だいぶ怒ってんなと思ったが、どことなく恥ずかしがっている時の浅田に似ていたので、こいつも恥ずかしさを感じたんだろうか？　だとしてもその恥ずかしさが『何に対して』なのかはわからないが。

「伊上《いがみ》さんもお疲れ……ではないですね」

宮野はシャツで汗《あせ》を拭《ぬぐ》いながら俺のことを見て話しかけてきたのだが、その途中で冗談《じょうだん》めかした言葉へと変わった。

「まあ一応仕事っつっても見てるだけだしな」

他の教導官達は生徒達から指導を頼まれたりすることもあるみたいだが、俺のところには一人も来ないから、ぶっちゃけ訓練の様子を見てるだけだ。疲れるはずがない。まあ、精神的に疲れると言えば疲れるかもしれないが。

「どうでしたか？」

その質問は、今のお嬢様との戦いに関してのことか？

でも、正直なところを言えば、純粋《じゅんすい》な技量では俺は宮野に言うことなんて何もないんだよな。だってもう、俺は宮野に剣《けん》の技量では負けてるし。

それでも俺が宮野に勝つことができるのは、不意をついたり奇策《きさく》を使ったりという小細工や『戦いの動かし方』という点で勝っていたからだ。

だが、それを除いた今みたいな純粋な戦いでは、指導することなんてない。

なんだったら、その『戦いの動かし方』でさえすでに教えることはないと言っていいかもしれない。何せこの前こいつらに負けたばっかりだしな。

それでもあえて何か言うとしたら……。

「悪くはない。ただ、これは今の授業で言うことじゃないかもしれないが、今見た接近戦に比べると、まだ普段《ふだん》使ってる魔法は制御《せいぎょ》が甘い。一度魔法《まほう》だけで戦ってみてもいいんじゃねえのか？」

今は接近戦の授業なんだから、魔法に関しての言及《げんきゅう》をするべきではないのかもしれない。

だが、こいつがより強くなるためにはどうするべきか、って考えると、このまま接近戦を鍛えさせるより、魔法戦を鍛えさせたほうが強くなれそうだ。

宮野は剣だけでなく魔法も使える。だから普通の特級よりも強いし幅広《はばひろ》い戦い方ができるが、その二つの技量が離れすぎてると逆に足を引っ張りかねない。

二つのことを同時に極《きわ》めろってのは難しいだろうが、それでも強くなるためなら同時に育てていくのがいいだろうよ。

「魔法だけ、ですか。確かに、以前遭遇したクラゲのように武器を振るえない状況《じょうきょう》というのもありますし、練習としては効果的かもしれませんね」

以前遭遇したクラゲってのは、学園祭のための素材集めの際に遭遇したイレギュラーのことだ。

あのクラゲの群れに突《つ》っ込《こ》んでいった時は剣を使えたのだろうが、その前に結界の中に逃げ込んでいた時は魔法を使うしかなかったからな。

「それに、まだ剣を振りながらだと魔法の構築が雑になってますし、発動も遅《おく》れていますから」

宮野はそう言って軽く肩を落としてため息を吐き出したが、俺はそこまでではないと思っている。構築が雑になっていると言っても、それは実戦ではほとんど気にならないようなものだ。

　雑になった影響《えいきょう》ってのは効果範囲の設定や威力《いりょく》に関わってくるが、それは距離が開いていれば問題になるってだけ。目の前の敵にぶっ放すだけならそれほど気にならない程度のものでしかない。

　そして発動が遅れるとも言ったが、そっちも同じだ。剣で斬《き》り合っている状態で目の前の敵を攻撃するのなら、多少準備してから発動するまでが遅《おそ》くても問題はない。

　常識の埒外《らちがい》の奴らと戦うなら問題になるだろうが、その未熟さを分かっているのなら牽《けん》制《せい》やフェイントくらいには使える。それに、多少のタメは必要って言っても、今の時点でも十分に技として使えているのだ。それこそ、俺の腕を切り飛ばすことができるくらいにはな。

　まあ、ああいった直接的な攻撃としては防がれることもあるので、鍛えるということ自体は間違《まちが》っていないけど。

　だが、宮野はまだ十六、七程度の子供だ。今のままでも十分強いし、よくやっている。本来ならもっと気楽に生きてるはずの女の子だってのに、毎日のように傷を作って、時には死にかけて今までやってきた。

　そのおかげで、こいつはもうこれ以上強くならなくても冒険者としても『勇者』としてもやっていける。

なんて、そう思うが……それでもこいつは進むのをやめないんだろうな。

「まあ頑張《がんば》れ。お前なら努力次第《しだい》でいくらでも強くなることができるだろうよ。教導官でいるうちは、俺も手を貸してやる」

「はい！」

宮野は俺の言葉に威勢《いせい》よく返事をし、それと同時に授業の終わりを知らせる鐘《かね》が鳴った。

「っと、授業が終わったか」

「今日はこれでおしまいですが、このあとは予定通りで構いませんか？」

「ああ。朝言った通り、一旦食堂に集まってから訓練場で訓練だな。一旦戻《いったんもど》らなくちゃならんのは二度手間だがな」

「ですね。わかりました。それじゃあ失礼します」

そう言って宮野は一礼すると、一旦俺達《おれたち》から離れて他の生徒達が向かった方へと進み出した。

だが、宮野は戻《もど》るために移動を始めたというのに、一緒にいたお嬢様はその場から動かなかった。

「どうしたお嬢様。授業はもう終わったろ？」

「……わかっておりますわ」

お嬢様は一瞬《いっしゅん》だけ眉《まゆ》を動かすと、すぐさま俺に背を向けて歩き出した。

そんなお嬢様の後をついていくように工藤も歩き出したが、その途中《とちゅう》で振り返った工藤は、眉を下げて困ったようにこっちを見ていた。

俺はその視線に気づかないふりをしながら、この場を離れるために移動を始めた。

一章　二度目のランキング戦

「戦術教導官、なんて公務員になってめんどくさくなったのはあの授業だよな。自分の担当以外の授業も見なきゃいけねえって、めんどくせえことこの上ない」

訓練を終えた放課後、俺達は訓練場の近くに設置されてある自動販売機《はんばいき》で飲み物を調達し、近くに置いてあったベンチの周りに集まって軽い雑談をしていた。

「でもさー、そもそもあんた、誰にも教えてないじゃん」

座《すわ》る場所が足りずに俺一人だけ自販機《じはんき》に寄りかかりながら話をすることとなったわけだが、浅田《あさだ》はベンチの背もたれに寄りかかりながらさらに体を倒し、そんな俺のことを上下逆さまに見上げるようにして顔をこっちに向けてきた。

「教えないってか、誰も聞きに来ないだけだな」

「じゃあ聞きにいったら教えんの？」

戦士系の奴らは誰も聞きに来ないと思うが……もし聞きにきたら、か。

工藤《くどう》との話の時にも考えたが、できることなら直接教えたりってのはあまりしたくない。

それは何もお嬢様だけに限った話ではないのだ。

あのお嬢様だけではなく、俺は宮野《みやの》達四人以外には戦い方の指導をしたいとは思っていない。……というよりも、したくないと思っている。

「……できることなら、あまり教えたくないな」

「どうしてですか？　伊上《いがみ》さんの教えを受ければ、みんな強くなれると思うんですけど」

だが俺の考えがわからないのか、宮野は不思議そうな様子で俺のことを見た。

まあ、今までの俺の行動——ダンジョン内での負傷者の救助とか手助けとか、後はこいつらが死なないようにって訓練していることを思えば、不思議に思うかもしれない。

何せ、しっかりと教えればそれだけ生徒達が死ぬ確率が減るんだから。

だから、今まで誰も死なないように、なんて行動してきた俺らしくないかもしれない。

だが、それは外から見ていれば、だ。

当たり障《さわ》りのない指導をするんだったら、俺は他の教師や教導官の中で最も劣《おと》っている。

そこに俺の教えという異物が混じると、それだけでこれまでの積み重ねを台無しにしてしまうかもしれないのだ。

つまり、ここの生徒達は俺が教えないことの方が生きる率が高い。だからこそ俺は指導なんてしたくないんだよ。

「あたし達のために周りを強くしないようにしてる、とか？」

「アホか、バカたれ。お前らのためだってんなら、むしろ周りをバカみたいに強くしてお前らを追い詰《つ》めるに決まってるだろ」

「決まってるんだ……」

「それをしないのにはそれなりの理由があるんだよ」

浅田は俺がこいつらのために他の奴らを強くしたくないと考えている、だなんて思ったみたいだが、それはとんだ間違いだ。

だが、周りの生徒達を強くせず自分達だけを鍛えたとなったら、そういう考えになってもおかしくはないか。

こいつらは今の時点ではこの学校内でもそれなりの実力者。というか、トップ争いできるんだろうと思えるほどだ。

確かこの学校にはランキングなんてものがあったはずだが、俺と会った時はいまいちパッとしない成績であったこいつらも、今真面目にトップを狙《ねら》えば十分に可能性はあるだろう強さになった。

だからそのランキングでトップ……そうでなくても上位に入ることができれば、それは楽しいことだろうし喜ばしいことだろう。

だが、確かにそれ自体は喜ばしいことだろうが、こいつらのためを思うなら、俺はこんな学校での苦渋《くじゅう》や辛酸《しんさん》なんていくらでも舐《な》めさせた。むしろ喉《のど》の奥《おく》に流《なが》し込んでやるくらいの気持ちでいる。

何せ、学校を卒業してダンジョンに潜《もぐ》るのであれば、そこではたった一度の『負け』でさえ認められない。そうなれば死んでしまうからだ。

だから、こうして安全なところにいる間に負けを経験しておけば、次からはそのことに対策するようになる。それは楽々勝って気持ちよく笑っているよりもよほどこいつらのためになる。

そのため、ランキングで上位を取るために他を下げたり、こいつらだけを強くしたりってのは望まない。……望まないのだが、それでも他の生徒達を育てようとは思えなかった。

「俺の考え方や戦い方は特殊《とくしゅ》だろ?」

「特殊ってか……まあ王道じゃないのは確かかねー」

「ああ。で、それを完璧に実行させようとすると、元々の考え方から矯正《きょうせい》しないといけないんだよ」

「矯正、ですか?」

「必要?」

「必要だな」

俺の言葉に四人全員が不思議そうに首を傾《かし》げているが、まあわからないでもない。こいつらは二年になってるんだし、それは周りの生徒達も同じだ。わざわざ矯正しないといけないような何かがあるのなら一年のうちにしてあるはずだと考えているのだろう。

しかも、考え方の矯正となれば、それをしないといけないほど考えが歪《ゆが》んでいるということだが、四人からしてみれば、矯正するような人物がいるようには思えないのだと思う。

それはそうだろうな。何せ、俺が言っているのは主義主張、趣味《しゅみ》や性癖《せいへき》のことではない。俺が直さなければならないと感じたのは、戦い方に対する向き合い方のことだ。

冒険者《ぼうけんしゃ》に自分から進んでなろうと思うようなやつは、少なからず虚栄心《きょえいしん》ってもんを持ってる。かっこよく見られたい。みんなから感謝されたい。周りの奴らから賞賛されたい、ってな。

そんな自分を良く見せて讃《たた》えられたい気持ちってもんがある。じゃないと、義務でもないのに、わざわざ自分から命をかけるような仕事をしないだろ？

一応ゲートのモンスターを倒さないと市民が傷つくから、それを守るためって大義はあるのかもしれない。

だが、それを本当に心の底から掲《かか》げている奴がどれほどいると思う？　多分、せいぜいが冒険者の中でも一割行けば良い方だろう。

後は覚醒《かくせい》したからと流されて冒険者になったか、英雄譚《えいゆうたん》に憧れてなった。それから、金や名誉《めいよ》を求めたかのどれかだが、大半が三番目ためだ。それも、金よりも名誉の方が求める気持ちの割合としては上だろう。

そんな名誉を求めるような奴が、素直に言うことを聞くとは思えない。何せ、俺の戦い方は賞賛なんてされるようなものではないからだ。

罠《わな》を使って、言葉で惑《まど》わして、小細工をして、泥《どろ》に塗《まみ》れて、奇襲《きしゅう》や不意打ちで殺す。そんな、御伽噺《おとぎばなし》の登場人物には相応《ふさわ》しくない、それこそ英雄《えいゆう》として讃えられるような戦い〝らしくない〟戦い。生き残るためには必要だっていっても、素直に受け入れて実行するやつは少ないはずだ。

だから、まずは俺の考えを受け入れられるように、戦いというものに対する姿勢やなんかを直す必要があるわけだが、そんな考えを直すのは容易ではない。

宮野達の場合はスムーズに受け入れてくれたが、俺が教えるのがこいつらだったのは運が良かった、っていうべきなんだろうな。

……いや。やっぱこいつらに会わなきゃ俺は教導官なんてしないで、今ごろは普通に社会人をやってた可能性もあるから、というか確実に普通の社会人をやってたから、運が悪かったのか？

「でもさ、矯正ってのがよくわかんないけど、中途半端でも知ってるだけで役に立つ時ってあんじゃないの？」

「そうよね。知ってるだけでも変わる状況っていうのはあるでしょうね」

俺が言った矯正という言葉の意味がわからないからか、それはスルーすることにした浅田。そんな浅田の言葉に宮野も頷《うなず》いているが、俺は首を振ってその言葉を否定する。

「それはお前らが優秀《ゆうしゅう》だからだよ。普通《ふつう》は後から付け足した余分な考えってのは邪魔《じゃま》になる」

それはかけねなしの本音だ。授業で教えるような正規の戦い方と、俺が教えるような特殊——というか卑怯な戦い方を同時に教えられても受け入れ、順応することができたのは紛《まぎ》れもなくこいつらが優秀だからだ。

「え、えへへ、そうかな？」

想定外の言葉が嬉《うれ》しかったのか、浅田が数度ほど目を瞬《まばた》かせた後に照れたように笑って顔を逸《そ》らし、他の三人も同じように視線を逸らした。

「まあ、優秀だってことの他にも、最初から俺の考えに理解を示して、目標に向かって本気で取り組んだからってのもあるだろうけどな」

いくら優秀でも、俺の教え方を受け入れることができないいんだと、どうしようもない。だがこいつらは目標があったからか、特に反発することもなく受け入れて、努力した。

だからこそ、俺はまだこいつらに教えているんだ。

俺が残っているのはこいつらに引き止められたってのもあるが、教えていて楽しいからまあいっかなんて思ったことがあるのも事実だ。

「今までとは違う戦い方を教えられたとしてもプロならなんの問題もないが、ここに通ってる学生達はまだ自分の戦い方でさえ完璧にこなせていない。そんな状態で他の考え……それも今まで教えてもらい、実行してきた自分の戦い方とはまるっきり違うものを教えられたらどうなると思う?」

「……どうなるの?」

俺の話を聞いて、宮野と安倍《あべ》と北原《きたはら》は〝どうなるか〟ってのを自分なりに考えようとしたのだが浅田だけは少し考えるとすぐに考えるのをやめて再び俺に顔を向けて問いかけてきた。

……聞いた方が早いってのはわかるが、こいつ、もう少し考えた方がいいんじゃないだろうか? まあ、頭のでき自体は悪いわけじゃないんだし、思慮《しりょぶか》深さが必要なダンジョンではこいつは結論を急いだりはしないか。そういうふうに教えたわけだし。それに何より、宮野達三人が補助してくれるから平気か。

「戦いの途中で中途半端に選択肢《せんたくし》が交じり、無駄《むだ》に悩《なや》むことになる」

だが、俺がそう言っても浅田はどういうことかわかっていない様子で、そしてそれは浅田だけではなく宮野達も同じだった。

「たとえば、そうだな……浅田。お前が今日急に魔法を使えるようになったとしよう。それも結構強力なやつだ。強敵と戦ったとして、今まで通り戦えるか？　自分には今まで通りの戦い方の他に、強力な魔法攻撃《まほうこうげき》があるじゃないか？　それを使うべきなんじゃないのか？　使うんだとしたらどこでどうやって使えばいいんだ？　そもそも、本当に使うのが正しい選択《せんたく》なんだろうか？　自分は次に何をすればいい？　——そんなふうに悩んだりしないか？」

まず間違いなく悩むだろうというのが俺の考えだ。

わかりやすく喩《たと》えるなら、野球だろうか？　自分が投手だとして、自分には自信を持っているストレートという武器がある。だが、変化球も使える。相手はストレートを打つのが得意みたいだし、自分は変化球にしようか？　それとも自分の得意なストレートで勝負しようか？　そんな感じで悩むようなもんだ。

だが、できることが一つしかないのなら、その〝一つ〟を使うことを前提に、どうにかしようと考える。ストレートしか投げられないのなら、全力で投げるだとかコースを工夫《くふう》するだとかな。

それが野球ならいい。何せしっかりと考える時間があるのだから。だが、俺達とこいつら、それから他の学生達は冒険者で、冒険者というのはダンジョンに潜って敵と戦う者だ。命をかけて戦っている最中に、ゆっくりと悩んでいる時間なんてあるわけがない。

この敵はこれが弱点だからこうしてこうしよう。でももしかしたらこっちの方がいいかな？　なんて無駄なことを考えていたら、戦闘《せんとう》中において隙《すき》になる。

何を使うか、何で対処するかを考える時間を減らすことができるのなら、それは隙を減らせるってことだ。

戦闘中の隙はたった一瞬であっても致命的《ちめいてき》になることがあるんだから、隙なんて減らせるならその方がいいに決まってる。

熟練者なら考えながら戦うこともできるだろうが、まだ戦う事に慣れていない学生達にとっては危険を増やすだけだ。

「うーん……わかんないけど、多分悩むと思う」

浅田は首を傾げて考えたが、その様子は質問について考えるというよりも、自分が魔法を使う姿を想像する方に考えを割《さ》いていたような気がする。だがそれをうまく想像できないのか、はっきりとしない答えだ。

それも当然か。俺だって覚醒する前に魔法ってどうやって使うんだ、なんて聞かれても答えられないし、自分が魔法を使う姿なんて想像できなかった。

「後は、他の三人は魔法が使えるが、同じように急に全部の属性の魔法が使えるようになったとして、何を使おうか悩まないか？　安倍なら炎《ほのお》が得意だが、敵の弱点としては水だった場合、慣れてる炎を使うのか使い慣れていないが弱点の水を使うのか、悩んだりしないか？　一瞬たりとて悩まずに最適解を出せると言い切れるか？」

「……無理」

先ほどの浅田よりはわかりやすかったのか、本業の魔法使《まほうつか》いである安倍は少しだけ考えた様子を見せると、すぐに眉を寄せて首を振った。

「だろ？　それと似たようなもんだ。選択肢が増えるってのは良いことだが、今できることが完璧《かんぺき》にこなせないようなら、中途半端に選択肢が増えるのは逆効果だ」

戦闘における他の選択肢を増やすなんてのは、一つのことを極めてからにすればいい。あっちもこっちもなんて手を伸《の》ばしてたら、そのうち潰《つぶ》れる。

まあ、こいつらの場合は俺がその辺りを気をつけて鍛《きた》えてるから潰れさせるつもりはないけどな。

「にしてもさー、もうちょっと真面目に授業しても良いんじゃない？　あたしと瑞樹《みずき》くらいしか話しかけてないじゃん」

「舐めんなよ。あのお嬢様と工藤も話しかけてきた。後お前らの担任もな」

二人だけじゃねえ。全部で五人だ。それに、まともな相談じゃないけど、他の奴らからだってごく稀《まれ》にだが話しかけられる。

ほとんどが宮野──『勇者』と繋《つな》がりを作ろうとした教導官だとか生徒だけどな。

「たった三人追加したくらいで何言ってんのよ」

「でも、本当に伊上さんのところには誰も行かないですよね。他の教導官の方のところへはそれなりに行っているみたいですけど」

そんな俺のぼっち度合いを指摘《してき》するような浅田と宮野の言葉だが、そこで安倍が疑問の声を出した。

「そうなの？」

「え？　そうなの、って……そっちは違うの？」

「ん。まあ、そこそこ教えてる？」

「伊上さんは、魔法使いっていうのもあるからだろうけど、何人かは、聞いてるよ？」

安倍に同調するように、北原が頷いて答えたが、まあ一応は事実だ。

今日は戦士の訓練の方になぜかいたが、魔法使いの方では普通に話しかけられることもある。

「そうなんですか？」

「まあ、戦術を教えるとなったら、中途半端に実行しようとすると逆効果になることがあるからあまり教えたくないが、ただの魔法の使い方やテクニック程度の『普通』の範疇《はんちゅう》だったら、教えても問題ないからな」

魔法の構築の際にどこで手を抜《ぬ》くかとか、魔法の不完全な使用によるフェイントとか、戦い方を根本から変えるようなものではない小技《こわざ》程度だったら何の問題もない。

「それから、戦士の授業で聞きに来ないのは俺が魔法使いだってのもあるだろ。なんで他に戦士の専門家がいるのに、俺みたいな魔法使いに聞くんだよ」

俺以外の教導官は三級なんておらず、全員が接近戦のプロだ。一応俺も実績という意味ではそれなりに残ってしまっているが、冒険者としての強さという評価では、俺は明らかに劣っている。評価は低いのに実績を残しているとなったら、何かズルをしているんじゃないか、詐欺《さぎ》じゃないかって疑うもんだ。

そんな疑いを持っている相手に対して、心から教えを乞《こ》うことなんてできないし、そもその話、どうせ聞くのならその道の一流に聞きたいに決まってる。

前に学校の襲撃《しゅうげき》や学園祭の事件があったが、俺《おれ》が強かったというよりは指揮が上手《うま》かったと感じたやつもいただろう。戦闘力《せんとうりょく》そのものは期待できないと思われている、なんてこともあるかもしれないな。

「一応遊撃《ゆうげき》として接近戦もできるが、そもそも遊撃なんてポジションが珍《めずら》しいからな。それで三級となれば、信用しなくても仕方がない。――最初の頃《ころ》のお前みたいにな」

浅田だって今ではそれなりに俺のことを信用してくれているが、初めて会ったときには俺のポジションが遊撃だってことや、仲間になることに文句を言っていた。

「う、ぐ……そう言われると、なんも言えないんだけどさぁ……」

俺達が出会った時のことを思い出したからか、浅田は顔を俺から背けて正面へと戻して呻《うめ》いた。

そしてそんな姿を見た俺も、最初の頃を思い出してフッと小さく笑った。

「まあ、そんなわけで俺はこれからもぼっちで授業を受けることになるな」

多分これからも、戦士の授業で俺に話しかけてくるやつってのはそんなにいないだろう。というか、そもそもの話だが、魔法使いの俺が戦士達《たち》の授業にいる方がおかしいんだけどな？

おそらくは宮野がいるからだろうとは思う。こいつは勇者で、近接も魔法もどっちもできるが、ある意味では俺も同じだ。俺も魔法を使うし剣を振《ふ》ることもある。まあ、『同じ』っつーには大分差がある気がするけどな。

それでも一応は宮野の教導官なんだし、自分達じゃ『勇者』を教えることなんて手に余るから、あとで問題にならないように『勇者に教えることができる存在』を授業に組《く》み込んでおこうって事じゃないか？　なんて考えたりもする。

「っつーか授業のメインは教える側である俺達教導官でも正規の教師でもなく、教わる側のお前ら学生だろ？　お前らはどうなんだ？　なんか授業の感想とかないのか？」

俺は生徒達から質問を受ける立場だが、こいつらは質問をする立場だ。

他の教導官の奴らに色々と聞いたり、稽古《けいこ》をつけてもらったりしているだろうし、面白《おもしろ》いやつや有望なやつはいないものだろうか？

「んー？　まあまあかなー。それなりに面白いかも」

「そうね。たまには他の方に教えてもらうというのも収穫《しゅうかく》があるものね」

「できることが増える」

「みんな、すごい人ばっかりだよね」

どうやら宮野達もしっかりと他の教導官達を利用しているようで、なかなかに好意的な意見だ。でもまあ、そうだろうな。俺は卑怯な手を使っていいんだったらこいつらにも勝てるし、戦い方は教えられるが、純粋な戦闘技能でいったらこいつらを鍛えることはできない。せいぜいがちょうど良さそうなダンジョンに連れて行って経験を積ませることぐらいだ。

だが、他の教導官達はまともに稽古をつけてやることができるだろう。多分。

「まあ、学べる機会があるってのはいいことだし、学ぶ相手がいるってのもいいことだ。落ち着いて鍛えることができるのなんて学生のうちだけなんだから、せいぜい頑張れよ」

俺は一応まだこいつらのことを教えているわけだが、正直なところ、もうほとんど教えることは終わった。教えることが全くないってわけじゃないんだが、あと教えることといったら、こいつらの専門外のことになる。俺がたまに使う呪《のろ》いだとか、錬金術《れんきんじゅつ》とかな。それから各種裏技《うらわざ》くらいか。

だが、そういった余分なこと以外の純粋な戦闘技術に関しては、もう今年度中には教えることもなくなるだろう。後は知識ではなく、純粋な技量や場数、それから経験の問題だ。今のこいつらは俺と戦うよりも、教師でも生徒でも、いろんな奴らと戦って経験を蓄《たくわ》えたほうがいい。

だから、こいつらが注目するような奴がいるならそれは良いことだ。

「――あ、そうだ。伊上さん今年もよろしくお願いします」

一旦《いったん》話が途切《とぎ》れたところで、なぜか宮野が今更《いまさら》感のすることを言ってきた。

よろしく、だなんてなんで改めて挨拶《あいさつ》してんだ？

「なんだ今更？　なにをよろしくされるんだ、俺は」

「私達、天智《あまち》さん達と再戦の約束をしたんです」

「再戦？」

「はい。……去年のランキング戦、覚えてますか？」

「ランキング戦？　……あー確かお前らをまともに鍛える原因になったやつか」

俺がこいつらのことを真面目に教えるきっかけになった事件というか何というか……まあ諍《いさか》いだな。

確かあの時は、あのお嬢様《じょうさま》が宮野のことを引き抜こうとしたせいで喧嘩《けんか》して、勝負になった感じだった気がする。一年位前のことだからあんましよく覚えちゃいないけどな。何でか知らんが、この一年は特に忙《いそが》しかったし。

……というか、そうか。もう一年も前なのか。この間も思った気がするが、やっぱり一年経《た》つのが早えな。

「はい」

「あれがなかったら俺は今頃《いまごろ》辞《や》めてたんだろうけどなぁ……」

本来なら三ヶ月間だけという契約《けいやく》だったはずなんだが、そっからズルズルと進んで今ではもう一年が経った。予定外もいいところだな。

「今年も参加するので、よろしくお願いします、ですね」

そんな俺の呟《つぶや》きが聞こえていただろうに、宮野は無視して話を続けた。

でも、ランキング戦かぁ。めんどくさいっちゃあめんどくさいが、元々はそれでいい順位を取らせようとか考えてたんだよな。

まあ、考えてたっつーか頼《たの》まれたっつーか、こいつらにいい順位を取らせて、その褒賞《ほうしょう》金《きん》が欲《ほ》しいなとか思ってた。

んー。あー。そうだなぁ……よし。

「まあいいか。それなりに参加してやるよ」

今のこいつらなら俺が参加しなかったところでそれなりにいい順位を取れるだろうが、たまにはこういう『遊び』に参加するのもいいだろう。

「え?」

「まじ?　なんで?」

「意外」

「本当にいいんですか?」

だが俺が頷くと、何故《なぜ》か四人全員が驚《おどろ》きの声と共に俺の方へ振り向いてきた。

「お前ら、参加して欲しいのかして欲しくないのか、どっちだよ」

せっかく参加してやってもいいと思ったのに、その反応はちょっとひどくないか？

「いやまあ、参加して欲しいけどさぁ。普段のあんたならめんどくさがりそーじゃん」

「めんどくせえと思ったのはそうだな」

「なら、どうしてですか？」

宮野が問いかけてきたが、俺が参加してもいいと思ったのには理由がある。つっても、そんな大したもんでもないけどな。

「あー、去年用意した道具がまだ残ってんだよ」

「去年の？」

「ああ。ほれ、今はお前らもそれなりに力をつけたが、前は凡庸《ぼんよう》よりはちっとまし、くらいのダメダメさだったろ？」

「言葉に棘《とげ》がある気がするんだけど？」

「でも、あまり成績良くなかったのはその通りよね」

浅田が唇《くちびる》を尖《とが》らせて文句を言っているが、宮野が少し困ったように苦笑《くしょう》して俺の言葉を肯定《こうてい》した。

だが実際こいつらは、才能はあってもそれを十全に使いこなせているとは言えない状況だった。それこそ、俺が真正面からそれなりに手抜《てぬ》きで勝負を挑《いど》んでも勝てるくらいにな。今ではそんなことをすれば負けるし、なんだったら本気でやっても負けるくらい強くなったが、あの時は本当に弱かった。

「で、そんなダメダメだったお前らを上位の奴《やつ》に勝たせようと思って色々準備してた。だってのにそのうち三分の一も使わないで試合が流れたからな。使用期限のある道具とかもあるし、用意したのに使わねえともったいねえだろ、って思ってな」

あの時は一回戦敗退ってのもあったが、途中でイレギュラーの乱入があったせいで、本当ならもっと罠の類を使う予定だったんだが、ほとんど使うことなく終わってしまった。なので、その時の道具が余っているのだ。

道具ならいつか使うかもしれないんだし取っておけばいいじゃないかと思うかもしれないが、魔法《まほう》関連の道具はそういうわけにはいかない。ちゃんと使用期限があり、それを過ぎると効果が薄《うす》くなる。

そして、そういう魔法関連の道具ってのは基本的には二年が期限とされている。中にはもっと短かったり長かったりするものもあるが、基本的には二年が目安だ。

しかも、用意した道具類はランキング戦というルールにおいてのみ本領を発揮することのできるように調整されたものばかりなので、普通のダンジョン攻略《こうりゃく》では使えない。いやまあ、使えないことはないんだが、効果が弱いと分かっているものをあえて使いたくない。

そういうわけで、ここで使ってしまわないと無駄になってしまう。

「じゃあ、参加してくれるんですね？」

「ああ」

俺が頷くと、宮野達はパッと笑って喜んだが、それだけ喜ばれると悪い気もしないな。

「──にしても、もう一年かあー」

「そうだね。私達、あの時とは全然違《ちが》うよね」

戦力的にもそうだが、こいつらの関係も少し変わったような気がする。それから、俺との関係もか。俺の場合は、関係だけじゃなくて気持ちの方も変化があった。たった一年前でしかないが、あの頃はこんなふうにまだダンジョンに潜ってるだなんて想像していなかったし、誰《だれ》かにものを教えるだなんてことは考えてもいなかった。

「それにしても、再戦かぁ……今度こそ勝ちたいわね」

ただ呟かれただけであろうその言葉だが、最後の部分には宮野の強い想《おも》いが感じられ、他の三人も同意するように頷いていた。

そこで、ふと浅田が何かを思い出すように口を開いた。

「そういえば、瑞樹ってばあの時すっごい落ち込《こ》んでたよね」

あの時ってのは、お嬢様と戦うようになった時のことだろうか。

自分のせいで友人が馬鹿にされたってことで悔《く》やんで、勝ちたいんだと泣いていた。

他の三人は泣いていた場面こそ見ていなかっただろうが、それでも宮野が悩んでいたのは分かっていた。俺だって、そんな姿を見たからこそ手伝ってやろうと思ったもんだ。

まあ結果としてはイレギュラーとして現れた特級のモンスターのせいで試合そのものは勝てなかったわけだが、最後に謝罪をしてもらえたみたいだし、引き抜きの話も無くなったんだから良かった。

俺としてはそんな感じの「今となってはいい思い出だなー」で終わるようなことだが、宮野はそれを言われるのは恥《は》ずかしかったようで、少し視線を下に落としている。

「そ、それは言わないでちょうだい。……それに、それを言ったら佳奈《かな》だって泣いてたじゃない」

そして宮野は、浅田へと反撃《はんげき》の言葉を口にしたが、一年位前に浅田が泣いていたってーと……ああ、初めて安倍に会った時か？

あの時は俺の実力を試《ため》す、みたいな名目で訓練所の装置を使ってたな。で、その結果が自分よりも高かったから悔《くや》しさで泣いていた……ん？　でもあれって泣いてたんだっけか？

「な、泣いてないし。あの時は平気だし」

「でも泣きかけてた」

「泣きかけてもいないから！」

「そう？」

「そうなの！」

どうやら泣いていたわけではなく泣きかけていただけのようだ。本人は否定しているが、まあそういうことにしておいてやろう。

「なにっ？」

「なんでもねぇから睨《にら》むなよ」

何故か俺の方を見て睨んできたが、俺は何も言っていないぞ。

―◆◇◆◇―

翌日。今日も今日とて、俺は授業に参加していた。まあ授業に参加すると言っても、受ける側じゃなくて受けさせるというか教える側だけど。

今日もなぜか戦士系の生徒達の授業に来ているが、知り合いと言ったら浅田しかいない。

宮野はどこにいったのかと言えば、前回俺が言ったことで魔法使いの訓練を受けることにしたらしく、そっちにいってしまった。なので、残念なことに俺に話しかけるやつは昨日よりも少なくなってしまった。

まあ、宮野がいてもこの授業中にそんなに話しかけられるってことはないけど。だって授業外で普通に話せるし。そしてそれは浅田も同じだ。

なので、俺は昨日よりも若干暇《じゃっかんひま》になったようなならないような、やっぱり暇な状態でボケーッと生徒達の訓練の様子を見ていた。

訓練場を見ていると、数少ない知り合いである天智飛鳥《あすか》の——お嬢様の姿が目に入ったが、複数人を相手取っているお嬢様の様子はどこか不満そうだった。

あれは……敵に満足していない感じか？

昨日まではまともに相手をしていくれていた宮野は魔法使い達の訓練に行ってしまっているので、多分そのせいだろうと思う。

戦っている相手に了承《りょうしょう》をとっているのか、お嬢様は複数の相手をするのに魔法を使っているが、その様子を見ていると魔法を使わなくてもそれなりに動けて多数相手でも持ち堪《こた》えてるし、魔法を使ったら余裕《よゆう》を持って立ち回ることができている。物足りなく感じても仕方がないだろう。

だが、言ってしまえばその程度だ。

余裕はあるが、圧倒的《あっとうてき》ってほどではない。

強者ではあるが、英雄ではない。

見ていて安定感はあるが、安心感はない。

他人にはわかりづらい感覚的なものだが、お嬢様の戦いからはなんかそんな感じがする。

助言、か……

「おいそこのお嬢様」

そんなふうに声をかけたのはなんでなのか、自分でもわからない。

あのお嬢様はもうプロとしてやっていけるくらいに完成しているんだから、変に助言なんかして手を加えるよりも、このままの形で進ませた方がこいつのためだと思った。

ただ、それでは誰かを助けたいと願うこいつの願いは叶《かな》えられない。

いや、叶えられないことはないだろうが、救える者というのはそれほど多くはないだろう。

……誰かを助けたいんだと願い、懸命《けんめい》に頑張《がんば》っている姿を見て、絆《ほだ》されたんだろうか？

それに、こいつなら助言なんていうほんの少しのきっかけであっても、変な方向へと逸れることはなく、しっかりと生かすことができるだろうと思えた。

だから俺は、昨日は助言すらする気はないって言っておきながらも、助言をするべく区切りのついたのを見計らってお嬢様へと近づいていったんだと思う。

「もっと遊びをもて。風を使っての移動は確かに速いし、元の能力も高いから大抵《たいてい》の相手ならなんとかなるだろうが、『風』は単純な速さでは『雷《かみなり》』には劣るぞ」

まず俺が言ったのはそれだった。

このお嬢様は、同い年だというのに『勇者』として呼ばれている宮野を意識しているからか、速さや勢いで圧倒《あっとう》することを意識しすぎている。

『風』と『雷』。その二つは魔法の特性として『速さ』という共通点がある。

他の属性よりも速さに関する強化効率が高く、それこそ目にも留《と》まらぬ速さで動くことも可能だ。

宮野の『雷』は、『風』の速さと『火』の強さを混ぜた上位互換《ごかん》の属性だって言われることもあるが、俺はそうは思えない。

確かに宮野の『雷』ってのは速いし強いしでなかなかに厄介《やっかい》だが、ぶっちゃけていうと俺の戦い方とは相性《あいしょう》が良くないんだよな。

何せ応用が利かない。直接放つか、目眩《めくらま》しをするか、それだけだ。

攻撃《こうげき》として使われれば厄介ではあるのだが、対処できないわけでもない。

それに対して『風』という属性は、風そのものというよりも空気を操《あやつ》るもんだから目に見えないから使いやすいし、奇襲不意打ちにはもってこいだ。

それに、空気の圧縮で盾《たて》を作ることもできるし、それをぶつけて攻撃にすることもできる。更《さら》にそれを踏《ふ》んで足場にし、二段ジャンプなんてことも可能だ。

一応、雷の属性も他にも小細工はできないこともないが、汎用性《はんようせい》という意味では風の方が圧倒的に上だ。だというのに、このお嬢様はそういう利点を無視して、自己加速や単純だが速く強い攻撃を多用している。

だが、それじゃあ勝てない。

当たり前の話だ。風速なんてのは、大体が秒速なんとか『メートル』だが、たとえ台風だとしても最大で秒速百メートルいかないくらいだと思う。

だってのに、雷は秒速『キロメートル』だ。確か秒速百キロは超《こ》えていた気がするが、そもそもの単位からして違うんだから、話になるわけがない。

それなのに、同じ『速さ』って土俵で戦ってちゃあ、いつまで経っても勝てるわけがない。実際に今の宮野が雷の速度を出せるのかと言ったら無理だろうが、それでも速いことに変わりはないんだから。今後になれば尚更《なおさら》だ。

「……それがどうしたと言うのですか。他のチームの方は口を出さないでいただきたいのですが？」

「互《たが》いのチームのダメ出しすんのがこの共同訓練の趣旨《しゅし》だろうが」

そう言うと何も反論できなくなったのか、お嬢様は眉《まゆ》を動かして少しだけ不愉快《ふゆかい》そうにこちらを睨んだ。だが――

「そのままじゃ宮野には勝てねえぞ」

「っ――！」

その一言でお嬢様の態度が一変した。お嬢様からはオレに向かって怒気《どき》が叩《たた》きつけられ、それに反応した周りにいた生徒達は怯《おび》えて後退し出す始末。

だがそんな怒気を放ったお嬢様の顔は悔しげに、悲しげに歪められていた。

まあ、そうだろうな。悔しいだろうよ。

このお嬢様は宮野にライバル心を抱《いだ》いていたし、工藤の言葉を信じるなら、お嬢様は俺に憧《あこが》れを抱いていた。そんな憧れの対象から、お前じゃライバルには勝てやしない、なんて言われたら、悔しくもなるに決まってる。

「まあ、あれこれ言ってもお前には意味ねえだろうから言わねえが、風ってのは速いだけじゃねえ。もっと自由で力強いもんだ。動きを柔《やわ》らかく、風を踏んで、流れに乗って動け」

少し抽象的《ちゅうしょうてき》な言葉になりすぎた感じがするが、それでもこのお嬢様ならこれでいいだろう。

変に詳《くわ》しく説明しすぎるよりも、自分で考える余地を残していた方が受け入れやすそうな気がするし、自分である程度考えた結果出た答えならその分納得《なっとく》してもらえそうだ。

それに、考える過程で今俺が言ったこと以外にも色々と考えてくれそうな気がするし、そもそも戦い方について考えるということを実行してもらえる。

「……敵への助言ですか？」

「そうだよ。塩を送ってやってんだから素直《すなお》に受け取れ」

「理由は？　私達はそのような仲ではなかったと思いますが？」

不機嫌《ふきげん》そうな態度は相変わらずだが、それでも話を聞かずに俺の言葉を無視するってことはないようだ。

「お前らと戦えば、それがあいつらの成長につながる。だからだな」

普通はこんなことを言えば不快に思うだろうが、このお嬢様相手ならこれでいいはずだ。

ライバルの踏み台《だい》になるためだけに思われているだなんて、そんなの、プライドが許さないだろ？

「……つまるところ、踏み台ですか」

「そうだ。不満か？」

「ええ。……ですが、助言そのものは感謝いたします」

「――へえ？」

「踏み台になるかどうかは、あなたが決めることではなく、結果で決まることです。負ければ踏み台。ですが、勝てば彼女達《かのじょたち》が踏み台へと変わる。私達はただ、あなたの想定を抜けて宮野さん達に勝てばいい。それだけの話でしょう？」

そう言ったお嬢様の瞳《ひとみ》にはそれまでの悔しさも怒《いか》りも感じられたが、それでもそれらの感情を飲《の》み込んで、押《お》さえつけて、真正面から俺のことを見据《みす》えていた。

「私達が侮《あなど》られているのであれば、それは結果を以《もっ》て見返せば良い事です。口だけで言ったところで、なんの証明にもなりませんから」

ああ……やっぱりこのお嬢様はすごいな。

悔しくても不満があっても、目標の場所に向かって真《ま》っ直《す》ぐに進んでいる。

その『真っ直ぐさ』ってのは浅田に似たところもあるが、あいつとは違って感情だけではなく、考えた上で、そして不満を全て飲み込んだ上で進んでいる。

「そうか。なら、宮野達に勝ってみせろ。勝つためにはどうすればいいのか、いっぱいいっぱい考えて、そんで勝て」

もし俺が言ったことを真剣《しんけん》に受け止めて、考え、鍛えたとしたら、こいつが宮野に勝つことも不可能ではないだろう。

ただ、助言しておいたが俺がそばについて教えてやることはできないので、変な方向へ進まないように工藤に話を通しておこう。

「もし勝てたなら、そうだな……まあ一回くらいはお前が憧れた姿ってのを見せてやってもいいぞ」

「なっ！　なんでっ——だ、誰があなたのことを憧れてなどっ！」

お嬢様は驚きに目を見開いて頬《ほお》を紅潮させると、そう叫《さけ》んでから俺に背を向けて歩き出してしまった。

「……ですが、勝つのは私達なので、その時は約束は守っていただきますわよ」

だが、俺に背を向けて歩き出したはずのお嬢様は、最後に少しだけ弾《はず》んだような声を残して再び歩き出し、俺はそんな様子に声を出さずに小さく笑うとその場を離《はな》れて元の位置へと戻《もど》っていった。

◆◇◆◇

ランキング戦。それは冒険者《ぼうけんしゃ》学校独自のイベントで、簡単に言えば体育祭の代わりだ。夏休みが終わってから最初にあるイベントなために、夏休みの間の修行《しゅぎょう》成果を見せようと学生達が躍起《やっき》になっている場でもある。

もっとも、夏休みが終わって最初と言っても、すぐに始まるわけじゃない。夏休みの終わりは九月の始まりだが、ランキング戦の始まりは十月の初め頃。つまりは一ヶ月ほどの間が空くことになる。

夏休みが明けて、普通《ふつう》に授業をして、生徒同士お互いの力を確認《かくにん》し合って、そんな日々を過ごしてようやく一ヶ月が経った今日、ついにそのランキング戦の始まる日がやってきて、現在は開会式の最中である。

だがまあ、ランキング戦が始まったとは言っても、今日は俺達《おれたち》は戦わないし、今俺は宮野達と別れて教導官用の待機室にいるだけだ。

このランキング戦の様子は、全国放送ではないが学校や特定の施設《しせつ》など一部で放送されているので、今やってる開会式の様子も待機室のテレビにしっかりと映っている。なので一応その映像を見ながらではあるが、俺は待機室でダラダラとお茶をしている。

このランキング戦は体育祭の代わりとは言っているものの、その期間は一ヶ月という長丁場だ。

だいぶ長いなと感じるが、学校側で管理できるゲートの数にも限りがあるわけだし、同時にやるにしても連続でやるにしても管理と人手の問題がある。

なので、やるのは学校周辺にある比較的《ひかくてき》安全なゲートを五つ使って、そのそれぞれで一日に午前と午後に一試合ずつだけとなり、どうしても長引いてしまうのだ。まあ去年はイレギュラーなんてあったし、安全面を考慮《こうりょ》すると仕方ない面はあるのだろう。

今日は開会式的なものをやったらすぐに初日の午前の部として、『アドベンチャーハント』とかいう冒険者のやることをゲーム化した宝探し的な競技をやることになる。

だが、開会式後に移動では遅《おそ》くなってしまうので、その一試合目に参加する生徒達はすでにそれぞれの場所に移動しているらしい。

基本的なルールは去年と変わらないが、一点だけ変わったことがある。去年は自由参加だったはずだが、全チーム強制参加になった。これは、実践《じっせん》形式に近いゲームを体験しておくことで、もしもう一度襲撃《しゅうげき》があっても少しでもうまく対応できるようにということらしい。

だいたい一チームが四、五人だから、一学年は三十ってところで、一学年三十チームとして、三学年で九十。

それらが午前と午後で一日に十試合として、一回戦だけでも単純に九日もかかる計算だ。

一ヶ月近くかかる予定のランキング戦だが、こうして改めて考えるとやっぱり長いなぁと感じる。

「――えー、それではこれにて開会式を終了《しゅうりょう》といたします」

そんな今までの流れやこれからのことを考えながらクソ長くて意味のない偉《えら》い人の言葉を聞き流していると、ようやく開会式が終わった。

俺は教導官だからこうして別室で放送を見てるだけで済んだけど、実際にあの場で立ってる生徒達って大変だよなぁ。

「さて、それじゃあ行くか」

お茶とお茶うけのゴミを片付けると立ち上がってぐっと体を伸ばした。

「おや、では私も行くとしましょうか」

そんなことをしていると、目の前に座《すわ》っていた男――工藤俊《しゅん》も俺と同じように立ち上がった。

「ついてくる必要はないぞ」

「どのみち向かう先はほとんど同じですから」

まあ、こいつがお嬢様のところに行こうとすれば、宮野達のところに行こうとしている俺とほとんど同じになるのは当然だ。何せ両者ともに開会式に出ているんだから。

「ま、別に良いけど」

「では行きましょうか」

そうして俺達は教導官用の待機室を出ると、俺は宮野達、工藤はお嬢様達《じょうさまたち》と、二人並んでそれぞれの指導する生徒達の許《もと》へと歩き出した。

「……ああ、そうだ。伊上さん」

「あん？」

「助言、ありがとうございました。お嬢様はあなたの言葉を考えて、今日までのわずかな時間でしたがよく励《はげ》んでいましたよ」

「そうかい。そりゃあよかった」

歩いている途中《とちゅう》で思い出したかのように工藤が声をかけてきたが、俺が先日お嬢様に助言したことについてだった。

だが、そうか。あのお嬢様は俺の言葉を聞いたのか。それならそれで嬉《うれ》しいと感じないわけでもないが、問題となることもある。

「……だが、あのお嬢様に言ったように、お前に言ったことは大丈夫《だいじょうぶ》か？」

それは先日宮野達にも話したように、中途半端《ちゅうとはんぱ》な教えを受けたことでそれまでの戦い方を崩《くず》して弱体化してしまわないかってこと。

助言を受けて弱体化して、それでも無茶《むちゃ》をしてダンジョンに潜《もぐ》って死んでしまったら目も当てられない。

なので、工藤にはお嬢様がおかしな方向に進まないように注意しておいたんだが、どうなったんだろうか？　とりあえず死んでないし重傷も負った感じではないってのはわかるけど。

「ええ。お嬢様はあなたの言葉をそのまま使うのではなく、自身で考え、生かせるところを戦いに取り入れることになりました。無茶も無理もせず、ただ新しい『力』を取り入れたので、今までの力を損《そこ》なうことはないですね」

「ならいい。助言したせいで下手に死なれたら、俺としても嫌《いや》な気分だからな」

どうやらお嬢様はしっかりと自分で考えて強くなれたようだ。それがどんなふうに俺の助言を取り入れたのかはわからないが、この工藤が『強くなった』って言うんだからそれなりには強くなったんだろう。

「では、今年こそは勝たせていただきますよ」

「馬鹿言え。去年勝ったのはお前の班だっただろ」

宮野達に手を振《ふ》りかえしながら工藤の言葉に応えるが、『今年こそ』なんて言わなくても俺達は去年負けている。去年は宮野とお嬢様のチームの勝負としては宮野達が勝ったと言えなくもないが、試合そのものは負けだった。

「あれを勝ちにいれると思いますか？」

「どれほど納得いかなくても、勝てば勝ちで、負けたら負けだ」

「それは、まあ確かにその通りですね」

ダンジョンでの冒険者の活動をもとに作った実践型のゲームってことは、勝ち負けはそのままダンジョンでの生死という結果を表していることになる。

勝てば生き残って、負けた側は死んだということだ。

実際にダンジョン内に潜ったのなら、納得がいこうがいくまいが死んだらそれで終わり。

納得できずとも勝ったのなら――生き残ったのならそれはそれだ。

だが、ゲームという側面を持っているのも確かだ。だからだろう、工藤は俺の言葉に頷《うなず》いたが、すぐに首を振って話を続けた。

「ですが、だとしても、〝今年は勝ちます〟よ。これはお嬢様の言葉でもあります」

「そうかよ。なら、頑張れって伝えとけ」

「ええ、わかりました」

その言葉を最後に俺は宮野達と合流すると、俺達はその場所から移動することになった。

その際に宮野達と話でもしていたのか、すぐそばにいたお嬢様がこっちを見たことで俺と目があったのだが、軽く手を上げてやると視線を逸《そ》らされてしまった。

◆◇◆◇

移動した先は大型のテレビがある部屋で、簡単に言ってしまえば観戦室だ。

それなりに広さのあるこの部屋、というかこの建物では、同時に進行している試合の全てを見ることができるのだが、まだ始まっていないようだ。

と言っても、九時スタートで、今は八時五十分なのですぐにでも始まりそうな感じだが。

俺達がここにいるのは当然ながら初日の試合を見るためだが、明日からはそれができなくなる。何せ一ヶ月間も続く長い『祭り』だ。その間生徒達の授業をしないわけには行かないので、明日からは試合に参加しない生徒達は普通に授業がある。なので、まともに試合を見ることができるのは今日くらいとなる。

「にしても、今年もまたイレギュラーに遭遇《そうぐう》しないよな？」

去年は試合中イレギュラーに遭遇してしまったが、今年は大丈夫だろうか？

普通なら馬鹿にする要な確率だが、俺の場合はこれまでの経験から言って否定しきれない。

「流石《さすが》に二年連続は……どうでしょう?」

宮野は最初は否定しそうな感じだったんだが、途中で俺《おれ》を見るとその言葉を止めて首を傾《かし》げた。

そうなるのもわかるし、っつーか俺自身疑っているけど、できることなら最後までちゃんと否定してほしかった。ついでにこっちを見て悩《なや》まないでほしい。

「でも今年はなんか特級を呼んだらしいじゃん」

「そうなのか?」

去年は一級のチームを用意していたらしいが、今までなにも起こらなかっただけに慣例としておいていただけで、すぐには準備ができなかったらしい。

それに、装備の準備やモンスターに対しての適切なメンバー編成なんかをして時間を食ってしまったそうだ。

ついでに言えば、交通機関的な問題もあった。あの時は学校から車で三十分くらいの場所にあった。俺達《たち》が特級モンスターの姿を確認してから多分二時間近くかかったが、そんな諸々《もろもろ》の事情があったせいだった。らしい。

まあ当然ながら俺は宮野達とダンジョンにいたもんで、直接その場にいたわけではないので聞いただけになるけど。

「そうそう。だから生徒達は異変が起きたらすぐに戦うのをやめろって、十分以内に行くからって、連絡《れんらく》があったの」

十分以内って、かなり早いな。地上を進んだんじゃそんなに早く移動することなんてできないだろうし、ヘリでも用意してるのか？　もしくは走るとか？　特級の能力なら走っていけば、速さ重視のやつなら五分もあれば学校周辺のゲートにたどり着くだろうし。

「へぇ……まあ、普通なら生徒が無茶して挑んだら死ぬからな。去年みたいに誰かが挑んだりしないようにってことだろ」

「うっ……」

「それは……ね？」

去年は真っ先に突《つ》っ込んで行った宮野達に視線を向けると、浅田はバツが悪そうに視線を逸らし、宮野は愛想《あいそ》笑《わら》いを向けてきた。

だが、「ね？」じゃない。あの時のこいつらが生き残れたのは、半ば奇跡《きせき》みたいなもんだ。現に俺がたどり着くのがわずかでも遅かったら、お嬢様が死んでた。全員で戦って互角《ごかく》だったのに、一人欠けてしまえばその後はどうなるかなんて目に見えてる。助けに入るのが後五分遅かったら全滅《ぜんめつ》してたかもしれない。

「で、その特級ってのは誰だ？」

特級って言っても単独で特級のモンスターを相手どれるとなると、魔法使《まほうつか》い系じゃなくて戦士系だと思う。

それにさっき考えた移動速度って点も考えると、やっぱり魔法使いではなく戦士系のやつだろう。

特級って言っても、流石に『勇者』は呼んでいないと思うが……どうだろう？

ないとは思ってるし、ないとすごく嬉しいんだが、もし俺達の試合の時に特級モンスターが現れたとして、その時に援軍《えんぐん》に来る奴を知っているか知っていないかでは対応に差が出る。

だから、知らない奴だとそいつについて調べないといけない。

「確か……誰だっけ？」

「えっと、『竜殺《りゅうごろ》しの勇者』だよ、佳奈ちゃん」

北原がどの特級が来るのかを告げた瞬間《しゅんかん》、俺は体を硬《かた》くしてその動きを止めてしまった。

……え、まじで？　あいつが来んの？

「ああそうそう。それ――って、あんたどうしたの？」

「あ？　なにがだ？」

動きを止めたところで、元々そんな動いてたってわけじゃなくてテレビを見ていただけなんだから気づかれないと思ったのだが、浅田は俺の異変を感じ取ったようで不思議そうにこっちを見てきた。

「なにがって……」

「伊上さん、すごい顔してますよ」

だが、俺の様子に気がついたのは浅田だけではなく、その場にいた四人全員だった。どうやら俺は、動きを止めただけではなく感情が顔にまで出ていたらしい。

「……ああ、悪いな」

宮野に言われて俺は自分の顔を触《さわ》ると、確かに眉が寄っていたし頬も引き攣《つ》っていた。

そんな顔を元に戻すために自分の顔を軽く揉《も》んでからため息を吐《つ》き、最後に頭を振《ふ》る。

そうすることで、それまでの感情を消そうと思ったのだが……

「知り合い？」

「知り合いって、竜殺しの勇者と？」

「じゃないとさっきみたいな反応しない」

「まあそれもそっか」

浅田と安倍の話を聞いていてまた顔を顰《しか》めてしまったのが自分でも分かった。

「どうなんでしょう？」

　宮野の問いとそれに続くような四人の視線を受けて、俺は長い葛藤《かっとう》の末、絞《しぼ》り出すかのように、そして吐き捨てるかのように嫌々《いやいや》答えた。

「……残念なことに甚《はなは》だ不本意で、できることならばなかったことにしたいが、一応顔見知りではあるな」

「なんであんたそんな嫌そうなの？」

　浅田は、明らかにおかしい態度をしている俺に聞いてきたが…………言いたくねえ。

「ど、どうしたのかな？」

「知り合いだけど喧嘩《けんか》してるとかは？」

「でも伊上さんって、そんな誰かと喧嘩するような性格じゃ……してもおかしくないかしら？」

　俺が答えないでいると、宮野達四人は顔を見合わせて話し始めた。

　そのこと自体はいいんだが……宮野。なんだか最近図々《ずうずう》しいというか、言うようになったじゃないか。

「人間性？」

「でも、そんなに悪い噂《うわさ》は聞かないよね？」

「そんなに、どころか全く聞かないわね。むしろいい話ばっかりじゃないかしら？」

ああそうだろうな。今の『竜殺し』は悪い噂なんて流れないし、むしろ稼《かせ》いだ金を使ってダンジョンの被害《ひがい》や医療《いりよう》機関や孤児《こじ》への救済手助けなんかをやってるから、一部では聖人の如きと讃《たた》えられるようなやつだ。

「……世間的にはな」

だが、それはあくまでも世間から見たあいつの姿だ。

俺から見たあれの姿ってのは、そんな高評価をやれるようなもんじゃない。

「世間的にはってことは、個人的には何か悪いところとかが、あるんでしょうか？」

「いや、まあ、悪いところってわけでもねえんだが……なんつーかなぁ」

確かにやっていることは立派だ。

弱者救済。それが気にいらない、とか、偽善者《ぎぜんしや》め、とか言うほど俺は捻《ひね》くれているつもりはないし、やっていること自体は普通に素晴《すば》らしいことだと思う。

それに、その活動が表向きので、裏では何かをやってる、なんてこともない。竜殺しの勇者は、正真正銘《しようしんしようめい》『良い奴』で、本物の『正義の味方』だ。

だが、そうは思うんだが、個人的に付き合うとなると……その、な。性格というか性向というか……少なくとも俺とは合わない。

「……まあ、なんだ。あれだ。いつか本人に会うことがあればわかる」

結局、俺はそう答えるしかなかった。個人のことを本人がいないところで揶揄《やゆ》するのもどうかと思うし、何より俺が言いたくない。

「まあ、あれだ。そんなことよりも、あっち見とけ。もう始まるぞ」

俺は強引《ごういん》だがそんなふうに話を区切り、宮野達の意識を大型の画面の方へと向けさせた。

◆◇◆◇

テレビの中央に映っているのは二人の人物。一人は女性で、一人はまだどことなく幼さの残るようにも感じられる童顔の青年だ。

画面が切り替《か》わり、そんな二人組のうち女性だけを映すと、女性はマイクを持って話し始めた。

『さあさあ今年も始まりましたランキング戦！　去年は試合中に特級モンスターの登場というイレギュラーが起こり、それを見事に撃退《げきたい》したことで日本において最年少の勇者が誕生しました！　ですが、そんな喜ばしいことではありますが、イレギュラーによる発生、及《およ》び被害はないに越《こ》したことはありません。しかしながら、いくら事前調査をしても、現れる時は現れるのがイレギュラーというものです。なので、今年はもし発生してしまった場合に速《すみ》やかに対処できるよう、特級冒険者に待機しておいてもらうことになりました！』

台本など見ていないというのに、女性は止まることなくすらすらと言葉を紡《つむ》いでいく。

女性が話しているうちに、画面は次々と変わっていった。これはこれから試合の始まるダンジョンの中の様子を映しているものだ。

『その特級の冒険者をご紹介《しょうかい》しましょう！　どうぞ！』

だがダンジョン内を映していた映像は女性の言葉とともに切り替わった。

今度はダンジョン内の様子ではなく、冒頭《ぼうとう》のように女性と青年が並んで座っているものとなった。

『この方は竜殺しの勇者と名高いジーク・ウォーカーさんです！』

女性の言葉とともに映像は青年を中心に収めるように寄っていき、ジークと呼ばれた青年はにこりと笑うと立ち上がって丁寧《ていねい》に一礼し、再び席についた。

『この度は提案を受けていただき、誠《まこと》にありがとうございます！』

『いやー、僕《ぼく》としても日本に用事があったからね。それも偶然《ぐうぜん》なことにちょうどこの街だ。だからね、都合が良かったたっていうのもあるんだ。でも、一度受けたからには全力でやり遂《と》げるから、選手のみんなは安心してくれていいよ』

『おおー！　なんとも頼《たの》もしいお言葉ですね！』

　先ほどまでの丁寧な態度からは少し想像の外れた軽い調子で話をするジークだが、彼《かれ》にとってはこれが普通であり、見ている側としても丁寧な態度よりも今の方が彼らしいと思える態度だった。

『して、この街に用事とは、いったいどんなものでしょう、と聞いてもよろしいですか？』

『あはは、いいよいいよ。と言っても、そんな大層なものじゃないんだけどね？　知り合いに会いにきたんだ。しばらく会ってないし、会いたいなーって』

『そ、それは、ちょーっと踏《ふ》み込みすぎかなー、とも思いますけど、ズバリ聞いちゃいます！　その人は恋人《こいびと》でしょうか⁉』

『んー、恋人じゃあないかな。そもそも相手は男性だし』

　その後も話は続いていくが、女性の話が本題である試合からなんだか少しずれているような気がするのは気のせいだろうか。

『ただ、想《おも》い人っていうのは間違《まちが》いではないかな？』

『そ、それは、つまりその……』

『ああ、勘違《かんちが》いしないで欲《ほ》しいんだけど、想い人って言っても、多分君が思ってるような関係じゃないよ？　想い人って言ったのはね、その人は僕の憧れなんだ』

『憧れ、ですか？　竜殺しの勇者に憧れと呼ばれるような方がこの街にいらっしゃるのですか？』

『うん。僕はね、自分で言うのもなんだけど、今みたいに勇者なんて呼ばれる前は、すっごいダメダメだったんだ。特級の力はあったけど、力だけ。魔法《まほう》は使えないし、勇者って呼ばれるほどの力も人望も品格も、なにもなかった。むしろ、地元ではマイナス評価だったんじゃないかな？』

『ですが、今は勇者の中でも上位の実力者で人格者、で通っていらっしゃいますよね？』

『うん。変わるきっかけになったのが、ズバリその人だ』

ジークは何か大事な事を思い出すかのように、優《やさ》しい目つきで笑いながら語り始めた。

『その人はね、困っているから、なんて理由で人助けをして、何人どころか、何百、何千もの命を救ったんだ。それこそ、助ける価値もないバカな特級でさえもね。でもそれを誇《ほこ》ることもなく、颯爽《さっそう》と消えていった。すごいよね。かっこいい。僕にはそんな背中が本当のヒーローみたいに思えたんだ。だから僕は、そんなかっこいい姿に近づけるように頑張《がんば》って、まあこんな自分で言うのは恥《は》ずかしいけど、人格者、なんて呼ばれるようになったんだ』

そう言い終えると、ジークは少しだけ自嘲《じちょう》気味に笑うと、最初に話し始めた時のように軽い雰囲気《ふんいき》へと変わり肩《かた》を竦《すく》めた。

『けど、その人めんどくさがりだからね。会いに行っても迷惑《めいわく》がられちゃうかもって不安だから会いに行けないんだ』

『その方のお名前はお聞きしてもよろしいですか？』

『それはごめんね。言えないや。その人はさっきも言ったようにめんどくさがりだから、表に出てこようとしないんだ。こんな放送で名前を出したりしたら怒《おこ》られちゃうよ』

女性はその想い人について聞こうとしたが、ジークは笑って、だがはっきりとその問いを拒絶《きょぜつ》した。

『というわけで、僕はこの大会中はこの学校にいるから、いつでも会いにきてくれていいよー』

ジークはそう言うと笑顔《えがお》で画面の向こうにいるかもしれない『想い人』へと手を振った。

◆◇◆◇

観戦室で大型の画面を見ていた俺達だが、俺は頭を抱《かか》えたくなった。

この状況《じょうきょう》でそんなことをすれば目立つのでそんなことはしないが。

宮野達は気づくだろうか？　……気づくだろうなぁ。いや、もしかしたら気づかない可

ぁ。

——なかったわぁー。まあそうだよなー。気づくだろうとは思ったけど……気づくよな

「あの、伊上さん」

能性も——

「なにも言わないでくれ」

無理だろうなと思いながらもそう口にするが果たして……

「今の放送の想い人って、あんた？」

まあ、こいつらなら分かるだろうし聞いてくるだろうなとは思ってたさ。

だがそれでも聞いてこないでほしかったと天を仰《あお》ぎながら、深くため息を吐いた。

そんな俺の姿を見ながらも、宮野達は話を止めることなく続けていく。

「表に出てこないめんどくさがりで……」

「困ってる人を助けて、誇らないで消える」

「その上この街に住んでるとなったら……」

「どう考えても伊上さんですよね？」

宮野の言葉は質問の形だが、もうほとんど断定している。というか、今の俺の態度が全てを物語っているようなものなのだから、そう考えられて当然のことだろうよ。

とはいえだ。すでにバレているのだとしても、『勇者』にあんなことを言わせるようなすごいやつ、なんて思われるのは嫌だ。そもそもあいつの関係者だと思われるのも、できることなら避《さ》けたいくらいだ。

「…………気のせいだ」

だからせめてもの抵抗《ていこう》にそんなこと言ってみたが、まあ絶対に信じてもらえないだろうなぁ。

「いや気のせいって、そりゃあ通らないっしょ」

だろうなあ……。だが、だとしても俺は自分からあいつについて話すつもりはない。

「そのうち会うこともあるだろうから、その時になればわかる、かもしれない」

俺としては分かって欲しくないんだけどな。だって、なあ？　あいつだもん。少なくとも、こいつらには会わせたくない。あいつとこいつらが会ったら、なんか変な化学反応起こしてやりづらくなりそうだ。何が起こるか全くわからない。

「会えばわかるって、なんだかそれ、さっきも聞きましたね」

「じゃあさ、今から会いにいかない？　ほら、さっきいつでもおいでー、って言ってたし」

浅田がそんな提案をしたが、そんなことは絶対にありえない。

「お断りだ。絶対にいかねえ」

　ふざけんな。絶対に行かねえ。

「そんなにいや？」

「いやだな」

　もう、な。嫌すぎて「いやだ」と言う言葉しか出てこねえよ。

「でも、どうせそのうち会いに行くことに、なったりするんじゃないかな？　瑞樹ちゃん、勇者だし」

「そうね。一度くらいは挨拶《あいさつ》に行ったほうがいいわよね。それを考えると今のうちに行っても変わらないような……」

「あいつんところに行くくらいだったら、まだダンジョンの方が……マシだ」

　ダンジョンに行くことも嫌だが、あいつに会うよりはマシだと言える、と思う。どっちも嫌な事には変わりねえんだけど。でも俺は、絶対にあいつのところになんて行かない！

　宮野達にも行ってほしくないが、宮野は勇者なので、立場的に会わないといけないってのは分かる。

　だが俺は行かない。宮野達が行きたいのなら、行く必要があるのなら勝手に行ってくれ。あいつのところに行くくらいなら危険はないだろうからな。こいつらなら……まあ多分大丈夫だろう。

俺は行かない。絶対に行かない。あいつのところになんて行ってたまるか！

「うっわ。浩介《こうすけ》がそんなに嫌がるなんて初めて見たんだけど」

「えっと……そんなに嫌なんですか？」

「逆に気になる」

「そ、そうだね。あんなに嫌がるなんて、なんでなんだろう？」

浅田が驚《おどろ》き、他の三人が困惑《こんわく》して首を傾げているが、そんなの知ったことか。できることならこのランキング戦の最中、顔を合わせないことを願う！　まじで！

◆◇◆◇

観戦室でそんなことを話した俺達だが、絶対に『竜殺しの勇者』に会いに行かないと心に決めた俺を説得することは不可能だと宮野達が判断したことで、大人しく初戦を観戦することになった。

「あたし達の試合って週明けだよね？」

「うん、そうだよ」

「みんな、準備はしっかりね」

そして、観戦を終えた俺達は昼食を食べるために食堂に行ったのだが、食堂で昼を食べていると誰《だれ》かが近寄ってきたのに気づいた。

それに気づいたのはたまたまだったのだが、顔を上げてみると、そこには今一番会いたくない人物がいた。

「……なんで、お前がここにいんだよ」

それは先ほどまで画面の向こうで試合中の異常の監視《かんし》兼《けん》試合の解説をしていた外国人の青年――ジークだった。

その手にはビニール袋《ぶくろ》がぶら下がっており、見た目としてはなんら気取った様子もなく自然体で近づいてきている。

「あれ？　放送聞いてなかった？」

「聞いてたから言ってんだろうが！　自分からは行かない、待ってるよー、なんて言ってたじゃねえか」

そう。さっきこいつは確かにそう言っていた。だから俺は自分から会いに行かなければ大丈夫だと安心していたのだが……どうしてここにいる？　というかその手のパンはなんだ？　ここで食う気か？

「あはは、言ったねぇ。でもさ、それだといつまで経《た》っても君は来てくれないじゃないか。

だから、来ちゃった」

「放送はブラフかよ」

「うん。ああ言っておけば警戒《けいかい》が緩《ゆる》むかなって」

あえて放送なんて大衆の目につくところで発言することで俺が見聞きする確率をあげ、その上で発言とは逆のことをする。

確かにそれは効果的だろうよ。実際、俺は今の今までこいつが来ないと信じていた。だから来たことに驚いたわけだが……来んなよ。

「一部では聖人なんて呼ばれるほどの奴《やつ》が嘘《うそ》つくなよ」

「聖人なんてそんな畏《おそ》れ多い。いくら『竜殺し』なんて呼ばれているとはいえ僕なんかが聖人だなんて、聖ゲオルギウスに失礼ってものでしょ」

「『イングランド』所属の『竜殺し』なんだから許されんじゃねえの？」

「だとしたら光栄なことだね。まあそれはそれとして、そんな反応されると傷つくなぁ。確かに嘘をついたのは謝《あやま》るけどさ、そんなにだめだった？」

「駄目《だめ》だな。来んな」

元々童顔だと言うこともあるが、わざとやっているのだろう。庇護《ひご》欲をそそらせるような困ったような顔をして俺を見ているが、んなもんに騙《だま》されるわけがない。帰れ。

「うーん、これでも君の助けになってあげたと思うんだけどなぁ」

「助け？　てめえ何をした。さっさと吐け」

「うわー、なんだか尋問《じんもん》みたいになってるー」

ジークはケラケラと面白《おもしろ》そうに笑いながら俺の隣《となり》に座った。

その様子からして今度は嘘をついていないんだろうと思うが、だが俺にはなんのことだか全くわからない。

助けも何も、最近ではこいつに関わったことなんて全くないぞ。だってのに、何を助けたって？

「まあ、助けたってのはニーナちゃんのことだよ」

「あいつの？」

「そうそう。この間あの子の暴走があったんでしょ？　で、学校が襲《おそ》われた」

ジークはさっきまでのチャランポランなものから真剣《しんけん》なものへと態度を変えて話し始めた。その様子を見て、仕方なく……ほんっとーに仕方なく話を聞くことにしたのだが、どうやら助けた云々《うんぬん》ってのはニーナのことらしい。それが本当なら確かに俺の助けになっているが、だがそれはそれで疑問がある。

「……あいつは誰も殺してねえぞ」

そう。あいつは許可なく勝手に学校に現れてそこにいた生徒――宮野と戦ったが、結果としては誰も死んでいない。

咎《とが》められるようなことがあるのは確かだが、それでもこいつに庇《かば》われるほどではないはずだ。

「らしいね。でも暴走して力を振るったのは確かだ。その時に、あの子の抑《おさ》えとなれる君をずっと施設《しせつ》の中に一緒《いっしょ》に閉《と》じ込めておくって案もあったんだ」

「マジかよ……」

だが、それは俺が知らなかっただけで裏では色々と問題があったようだ。

俺は佐伯《さえき》さんから状況を聞いただけだったが、その時はそんな話を聞いていなかった。

おそらく佐伯さんは余計なことを気にしないようにとでも考えて、裏で何があったかなんて教えず、結果だけを俺に教えたのだろう。

「マジだよ。で、僕がそれに待ったをかけたんだ。そんなことをするようなら、竜殺しは人殺しに変わるってね」

「お前、それは……」

ジークの言葉に、思わず絶句してしまう。だってそうだろ？　人殺しになるってことは、それはつまり、ニーナの処遇《しょぐう》を決めるような『上』の奴らを斬《き》るってことだろうから。

本気か？　と言葉にすることなく視線で問いかけてみるが、返ってきたのは肯定《こうてい》の言葉だった。

「本気だよ。あの放送で言ったことはほとんどが本当だ。嘘だったのは待ってる、って言葉くらいで、それ以外は紛《まぎ》れもない本音。君は僕の憧《あこが》れでヒーローなんだ。君がいたから、僕はヒーローを目指した」

その瞳《ひとみ》は真剣なもので、放送の時やさっき俺に会った時のようにふざけた態度はカケラも見えなかった。

「まあ、僕が止めなくてもそうならなかった可能性が高かったみたいだけど、後押《あとお》しくらいにはなったと思うんだ」

直後には冗談《じょうだん》めかしたようにヘラリと笑ったが、それはこいつなりの照れ隠《かく》しなんだろう。

「それは、まあ……ありがとう」

俺はこいつに会いたくないと思っているが、人間性も性格も、嫌《きら》いってわけじゃない。ただ一点だけ問題があるだけで、ジークという人間はむしろ好ましいとすら思っている。まあその『一点だけ』って部分が大問題だから、こいつのことを認めていたとしても、個人的に会いたくはないんだが。

だがまあ、そんなわけで嫌っているわけではないので、俺はニーナを助けるために動いてくれたことを感謝するために、ジークに正面から向き合い頭を下げた。

「……うん。なんだろうね。期待してた言葉なんだけど……こうも〝クル〟ものなんだね」

が、俺が感謝をして頭を上げると、ジークはなぜか恍惚《こうこつ》とした様子でそんなことをほざいた。

……一応、分かっちゃいたが……だからこそこいつに会いたくないと思ってたわけなんだが……こいつは何を言っているんだ?

「今なら僕は君の子供を産めそうだ」

マジデナニイッテンダコイツ。

「……気持ち悪いこと言ってんじゃねえよ。だから会いたくなかったんだ」

数回程度しか会ったことがないのだが、会うたびにこんな感じのことを言われる。結婚《けっこん》しようだとか、付き合ってみようとか、そういう類の言葉。

コイツは童顔で、化粧《けしょう》なんかをすれば女子と見間違うかもしれないような顔をしている。だが、男だ。ついでに言えば、わかりきっているだろうが俺も男だ。

男が男に告白する。それは詰《つ》まるところ、簡単に、ぶっちゃけて言ってしまえば――コイツは同性愛者だ。

一応女性もイケるみたいだから正確には違《ちが》うが、俺からしてみればどっちでもいい。

俺は同性愛者だろうがなんだろうが、それ自体に忌避《きひ》感はない。当人同士が好きあってるなら自由にすればいいんじゃねえの思う。関係ない外野がとやかく言う事じゃねえだろ、ってな。

だがそれは自分に関係なければの話だ。親兄弟が〝そう〟であっても気にならないが、俺には来るなと思う。俺はノーマルだ。理解はするが押《お》し付けんな。

「そんなこと言わないでよ。知ってるかい？　竜って両性具有のやつもいるんだよ？　それに、ジークフリートの伝説。竜の血を浴びた英雄《えいゆう》はその力を得た～、ってあれ、モンスターを使って人工的に似たようなことができるんだよ」

「……何が言いた――いやまて、やっぱり言わなくていい」

「つまり僕は、本当に子供を産むことができるってことだ」

突然竜《とつぜんりゅう》の話になったので混乱したが、話の流れからしてこの先は聞かない方がいいと判断して聞くのをやめたのだが、そんな俺の静止の言葉なんて聞かずにジークは最後まで言い切ってしまった。

言わなくていいって言ったのに……。

「僕の名前もちょうどジークだし、ぴったりだと思わない？」

おい『竜殺し』よお。お前の拠点《きょてん》はイングランドだろ。竜の血を浴びた英雄の竜殺しは出典が違うんじゃねえのか？

「もちろんちょっとした手術なんかの準備は必要だけど、一年も時間をもらえれば――」

「言わなくていいっつってんだろうが！」

ジークの言葉に思わず立ち上がりながらそう叫《さけ》んだが、叫んでから俺はここが食堂の一角だってことに気がつき、周りの視線を集めながらも慌《あわ》てて席に座《すわ》り直した。

「だから嫌《いや》だったんだよ」

座ったとはいえすぐに周りからの視線が離《はな》れることはなく、ちらちらとこっちを見ている生徒達がいる。そんな周囲の反応を見ながら、周りに座っていた宮野達へと視線を向ける。

見たくないが、見ないといけない。コイツらはどんな反応をするんだろうか？

「う、あ、……え……」

浅田が目に見えて困惑しているが、まあそうだろうな。漫画《まんが》で言ったら目をぐるぐると描《えが》かれるだろう状態だ。そして、他の三人も大なり小なり混乱している。

それでも比較的《ひかくてき》宮野と安倍は混乱が少なかったようで、何かに迷う様子を見せながらも、おずおずと口を開いた。

「その、それはつまり……」

「コースケのことが好き？」

「うん。そうだよ。異性として、はおかしいか。同性としても変だし……まあ恋愛《れんあい》感情として好きだよ」

聞かなくていいことを聞いた安倍の問いに、ジークはにこりと笑ってはっきりと答えていく。そこには解釈《かいしゃく》を間違える余地などなく、そして……

「だ、だめえええええ！」

ついには浅田が爆発《ばくはつ》した。もちろん言葉通りではなく比喩《ひゆ》だが、俺にとってはある意味で本物の爆発よりもめんどくさくて恐ろしいことだ。

「ふっ、なら君は僕のライバルだ」

「ラ、ライッ⁉　ま、負けないから！」

叫びながら立ち上がった浅田を見たジークは、少し驚いたような様子を見せると、今度は不敵に笑って挑発《ちょうはつ》してみせた。

そしてそれに応えるかのように浅田は両手の拳《こぶし》を胸の前で握《にぎ》りしめた。

…………なんだこれは。俺はどうすればいいんだ？

私のために争わないで～、とでも言えばいいのか？　ふざけろ。

「やめてくれよな……」

ここは食堂だ。さっきやらかした俺が言えた義理ではないが、静かにしろ。

こうしている間にも周囲からの視線が集まっているのがわかる。……今すぐにでも逃《に》げたい。

それにコイツは男で、俺も男だ。さっきも考えたように他人の恋愛をどうこういうつもりはないが、俺に来るな。これならまだ……

「浅田の方がマシだなぁ」

「えっ⁉」

俺《おれ》の言葉を聞いていたらしく、浅田はバッとこっちを向いた。

その表情は驚いた様子を見せているが、徐々《じょじょ》に赤くなっていき、最後には少しだけにやけていった。

だが待ってほしい。確かに俺は浅田の方がジークよりマシって言ったが、それはマシってだけで、選ぶつもりはない。

「伊上さん、マシって言葉は女の子にはひどいと思いますよ」

「ん？　ああ、悪い」

落ち着いて考えるとちょっと場《ば》違《ちが》い感はするが、言っていること自体は正しい……気がする。そして、この混沌《こんとん》とした状況で突然《とつぜん》不意をつくようにかけられた日常的な言葉に、色々と混乱していた俺は思わずいつものように返事をした。なんだか宮野の問いに答えるその瞬間だけ、周りの混沌を忘れて日常に戻《もど》ったような気にさえなった。

「ちなみにですが、佳奈と私だったらどっちがマシですか？」

「お前と浅田？　それは……」

――って、待てよ俺。何真剣に考えてんだよ。

あ、だめだ。なんか脳が毒されてる。うっかり答えそうになった。

つい今し方までジークのバカみたいな話を聞いていたせいで、比較的まともな類の話に思わず答えそうになってしまった。

だが、この場でどっちが『マシ』って答えるのは、ある意味『好き』と言うのと同じだと思う。どっちが、だなんて言うわけにはいかない。

「馬鹿なこと聞いてんなよ」

俺はそう言うと、まだ食べかけだった昼食を急いでかき込んでから、食器を手にして席を立った。急いでこの場を離れねば。じゃないと周りの視線が痛い。

「ほら、お前もさっさと帰れ。一応雇《やと》われてここに来てんだろ。仕事しろ」

「つれないなぁ……。まあでも、確かに仕事はちゃんとこなさないとだね。君に呆《あき》れられたくないし。それじゃあ午後のお仕事に行ってくるよ」

ジークはそう言うと席を立って食堂を去っていき、俺はジークとは別方向に足速に去っていった。

◆◇◆◇

翌日の午後。授業が終わってさあ訓練、といったところで待ち合わせの訓練場に行くと、そこではなぜか宮野達《たち》がジークと楽しげに話をしていた。

……いや、一名だけ楽しそうじゃない奴もいるな。すっごい敵意剥《む》き出しのやつがいる。

「二年……いや、もう三年前だね。いやー、あの時は楽しかったよ。特に終わった後のあれがまた傑作《けっさく》でさー」

「三年前って言うと、ジークさんが竜《りゅう》殺しとして名前が出始めた頃《ころ》ですか?」

「そうそう。その最初のやつだけど、よく知ってるね」

昨日に引き続き今日もか。

正直、やっぱり会いたくないが、このままいかないってこともできない。というかたった今、奴と目があったからもう逃げられない。

なので、仕方なしに宮野達の許へと近寄っていくことにした。

「また来てんのかよ」

「おはよー。まあ勝負の時以外は暇《ひま》だしね」

今の時間だと「こんにちは」だぞ、外国人。もしかしたらその日の初めて会った時の挨拶だから「おはよう」って言ったのかもしれないけど。

まあ、どっちでもいい。気にすることでもないし、直す気もないし。

「で、何話してたんだ?」

ため気を吐いた後にジークへと視線を向けたが、その後すぐに宮野達へと視線を移し、問いかけた。

「勇者としての過去と言いますか、これまでの実績についてを」

「今はちょうど僕達《ぼくたち》の出会いを話し始めたところだね」

「聞かなくていいぞ、んなもん」

出会いっつーと、コイツが最初に竜を狩《か》った時のやつか。

あの時俺はちょっと外国に行ったんだが、そこでまあ、いつもの如く騒《さわ》ぎに巻き込まれた。で、その時に対処に当たったのがまだ勇者と呼ばれてなかったジークで、騒ぎを起こしてた竜を倒《たお》してから俺にまとわりつくようになった。

「いやー、でもさ、それがないと僕の始まりが語れないんだよね。……あ、僕達の始まり、かな？」

「なんも始まってねえからそんなことで悩《なや》まなくてもいいっての」

それだけ言ってため息を吐《つ》くと、俺はドアを指さしてジークにここから出ていくように退室を促《うなが》した。

「帰れ。これから訓練なんだよ」

だが、ジークは素直《すなお》に俺の言うことを聞かず、何かを考《かんが》え込むように顎《あご》に手を当てた。

そして、チラリと宮野達のことを見ると、視線を俺に合わせて口を開いた。

「んー……じゃあさ、それ、僕も参加していいかな？」

「は？　帰れよ」

「いやいや、待ってよ。話くらい聞いてくれない？　役に立つよ？」

役に立つ、ねぇ……。一体なんの役に立つって言うんだか。

「僕ってさ、これでも特級なんだよね」

「知ってる」

「うんうん。でさ、そんなわけで君達の訓練に参加してあげようかなって。具体的には、試合前の模擬《もぎ》戦……スパーの相手としてね」

スパー？　ああ、なるほど。確かにそれは役に立つわな。

普通《ふつう》なら思いついてもいいことかもしれないが、俺はコイツがずっといるのが嫌過ぎてその発想には至れなかった。

「君は強いけど、それは純粋《じゅんすい》な強さってわけじゃないだろ？　真正面からこの子達とぶつかって上げることができるわけじゃない。でも、僕ならそれができる。……どう？　拒《こば》む理由なんてないんじゃないかな？」

……確かにそれをしてもらえるのなら、助かるっちゃあ助かるが、それには一つだけ重大な問題がある。

理性では手伝ってもらうのがいいと分かっているのに、感情がそれを拒むんだよっ！

「…………………仕方ない。認めてやろう」

「すっごい葛藤《かっとう》。でも、やったね」

感情が拒否《きょひ》反応を示しているが、それでも役に立つのは確かだ。

そしてそれは今回のランキング戦に限った話ではなく、他の場面でもコイツと戦ったことってのは役に立つだろう。ちょうど宮野達には俺以外を相手にした戦闘《せんとう》が必要だと思ってたところだしな。

だから、俺は自身の感情を押し殺してコイツが訓練に参加するのを認めた。

「そんなわけで、今日はよろしく」

でも明日からはもう来んなよ。

そう願ったが、多分これからも参加するんだろうなぁ……はあ。

二章　咲月達との戦い

　俺が精神にスリップダメージを負いながらも訓練を終えた日の翌日。今日は土曜日ということで学校が休みであり、そこで働いている俺もまた休みだった。ジークのことで精神的に疲《つか》れていた身としては、この土曜日はとてもありがたいものだ。

「おじさんおはよー！　起きて起きて！　そんなんじゃ明後日起きれないよー！」

「あー……おはよう。嫌に元気だな」

「まーねー。っていうか、無理して元気出してないとやってられないって言うかさ。ねー？」

　咲月は黄昏《たそがれ》たような笑《え》みを浮《う》かべているが、そうなるのも理解できる。

「わからないでもないけどな。初戦から宮野《みやの》達とぶつかるんだし」

　咲月達のチームは、なんと初戦から宮野達と戦うことになったのだ。全生徒が参加する中で知り合いで尚且《なおか》つ勇者である宮野達に当たるなんて、くじ運が悪いなんてもんじゃない。

「ひどくない？　私達が瑞樹《みずき》さん達に勝てるわけないじゃん！」

「つっても、どっかしらで当たる事にはなっただろ」

「それも勝ち進んでいけば、でしょ？　私は一年なんだから、どうせ良いところでも一回戦を勝つくらいが精一杯《せいいっぱい》なんだし、勝ち進むことなんてなかったって。それなのに、その一回戦目の相手が絶対に勝てない相手って、やる気もなくなるってば」

「まあしゃーないだろ。ランキング戦なんて所詮《しょせん》はイベントなんだ。中継《ちゅうけい》や録画までしてるんだから見てる奴らも多いし、映《は》える戦いってのを見せたいもんだろ。本当にランダムにして初戦から強い奴同士の潰《つぶ》し合いなんてやって、決勝は運良く弱い組に当たった奴らと本命の戦い、なんてなったら興醒《きょうざ》めもいいところだ」

エンタメ的に考えれば、初戦で強いチーム同士を潰し合わせるのはあり得ない。その後がつまらなくなるからな。

「でもそれってずるくない？」

「ずるいな。でも社会に出ればこんなもんだ。本当に運だけで進めるところなんて存在しねえよ」

運が必要な場面はあるが、運だけでやっていけるほど人間社会ってのは甘《あま》くない。くじ引きっつったって人の意思が作用しないわけじゃないのだ。

「それに、嫌なら強くなれってことだ。実際に冒険者《ぼうけんしゃ》として活動してくんだったら、こんなことは普通にあるぞ。表ではなんと言おうとも、弱いやつに人権なんてねえんだから」

そう言うと咲月は不満そうに呻《うめ》いた。

「ねー。じゃあさ、可愛い姪のために手を抜《ぬ》いてくれたりしない？」

「しねえなぁ。これも良い経験だと思って負けておけ」

「う～……はあ。仕方ないっか」

ただ、せっかくの舞台なんだから見せ場を作ってやりたいとも思う。なにかしら活躍《かつやく》するシーンがあった方が、こいつの母親も喜ぶし、何より安心するだろうし。

「まあ、宮野達に手を抜かせるつもりはないが、俺は戦いに参加しないでいてやってもいいぞ」

それくらいならいいだろ。俺がいなければ実際に行動する人数的には咲月達の方が多くなるんだし、何かできることもあるかもしれない。

「えっ、本当に⁉」

「そもそも宮野達の誰か一人だけでもお前達に勝てるんだ。俺がいる必要なんてねえだろ」

「あー、そーだねー」

簡単に納得《なっとく》されるのもなんだが、そう思われてしまうのも仕方ないのは理解している。

「それに、お前達が負けることは確定だが、一矢《いっし》報《むく》いることくらいはできるやり方を教えてやるぞ」

「はえ？　……うっそ！　本当に⁉　なんで⁉」

咲月は俺の言葉を消化しきれずに一瞬《いっしゅん》だけ間抜《まぬ》けな表情を見せたが、すぐに掴《つか》みかからんばかりの勢いで問いかけてきた。

「せっかくの姪っ子の晴れ舞台なんだ。見せ場の一つくらい用意してやりたいだろ？」

「やった！　おじさんナイス！　マジナイス！　ありがとう！」

「準備期間なんてないからぶっつけ本番だが、まあできるだろ。お前達の頑張《がんば》り次第《しだい》ではあるけどな」

「それでもありがたいってば！　結局私達ろくな作戦もなく今日まで来ちゃったわけだし。でも、よっし！　勇者に傷を残した一年として有名になってやる！」

「頑張れよ。どうせ負けてもともとなんだ。失敗を恐れずにやってみろ」

「うん！」

俺の協力があると分かり、咲月は目に見えてやる気を漲《みなぎ》らせている。

「……宮野達としても、良い経験になるといいんだがな」

あいつらは今まで格上やピンチな状況でばかり戦ってきた。

イレギュラーと戦い死にかけたことがあった。

まともに装備が整っていない状況でイレギュラーと戦って生き残った。

自分達のチームだけで特級を倒すこともできた。

それらは誇《ほこ》るべき素晴《すば》らしい功績だ。普段《ふだん》放課後や授業の一環《いっかん》で行っているダンジョンでは危険に陥《おちい》ることなんてないだろう確かな実力がある。

特級に勝ったからと言って慢心《まんしん》せずに上を目指す向上心もあって、素晴らしい生徒だ。

格下はもちろん、同格であっても問題なく倒すことができるだろう。

咲月達との勝負だって、咲月達の負けが確定している戦いである。

たった今約束したこともあって俺は今回戦うつもりはないが、今回は俺がいなくてもなんの問題もなく終わることができるだろう。

――だが、それではつまらない。

今回の戦いは、負けると決まっていたとしても咲月達にとっては良い機会だ。何せ、命の危険なしで特級と……『勇者』と戦うことができるんだから。命の保証がある格上との戦いなんて、そうそうある機会じゃない。今回のチャンスを活《い》かさないでどうするんだ、ってな。

それに、宮野達にとっても良い機会だろう。勝てないことはわかってる。その上で本気で挑《いど》んでくる格下の脅威《きょうい》ってやつを知ることができるだろうからな。

格下であろうともやる時はやる。上を目指すことは悪いことではないが、上だけを見ていてはならない。いかに相手が格下であろうとも、油断していたら危険な時だってあるのだと理解しておいた方がいいだろうから。

◆◇◆◇

咲月の相談に乗って、ついでにその対策に必要そうなものを一緒に買いにいったりなんだりした土日が終わり、月曜日の午前。俺達《おれたち》はとあるゲートの前にある管理所の待合室で待機していた。

今日は平日であるにもかかわらずなんで学校ではなくこんなところに居るかって言ったら、まあこれから試合があるからだ。

「ねーねー。ダンジョンは森なんでしょ？」

「そうね。と言うよりも、全部森のエリアがある場所になるみたいよ」

「大人達のやるやつだと火山とか雪原とかあるのにあたしらは森だけってつまんなくない？」

「仕方ないでしょ。大人がやる正式な大会の方では地形が変わる場所も交じるようだけれど、流石《さすが》に学生がやるには危険すぎるもの。猛吹雪《もうふぶき》の中で戦える生徒なんてそうそういないはずよ」

浅田《あさだ》はつまらなそうな顔をしているが、宮野の言ったように学生達が厳しい環境《かんきょう》の中でまともにゲームとして成り立たせることができるかって言ったら、難しいだろうな。大人のやるイベントや大会としてはマンネリ化を防ぐためにも環境を変えた方がいいのだろうが、今回は所詮学生のお遊びだ。フィールドを限定させて危険を少なくするってのは間違《まちが》ってないと思う。

「まあそれはそれでいいとして、この相手だが……調べてきたか？」

「はい」

今回一回戦の相手として選ばれたのはお嬢様達《じょうさまたち》ではなく、宮野達よりも一学年下の一年生のチーム。というか、ぶっちゃけ俺の姪である咲月《さつき》のチームだ。

メンバー編成としては治癒《ちゆ》師一人で斥候《せっこう》一人、あとは戦士三人っていう少し偏《かたよ》ったチーム編成をしている。

だがそれは仕方のないことだ。存在しているすべての冒険者の中から選んだのではなく、学校のそれも同じクラスの中から選んだのだから、偏りがあるに決まっている。宮野達のようにバランスよく組むことができた方が稀《まれ》なのだ。

それでも教導官として一級の治癒師を入れることができたのは、俺が『上』に働きかけたおかげだろう。ちょっとずるいが、まあこれも今までの成果ってことで。

とはいえ、まだチームの編成には偏りがあると言っても、挑む場所さえ選べば問題なくやっていけるだろうから、心配するほどのことではないだろう。実力だって、一年にしては中々のものだと思っている。もっとも、それでも所詮は『一年にしては中々』程度でしかないんだが。

「にしても、人間相手だとこの程度でも調べんの大変だったわー」

「まあモンスターについて調べんのとは違うからな」

「結局伊上《いがみ》さんは何も教えてくれなかったですからね」

「そりゃあ姪っ子の情報をそう簡単に漏《も》らすわけねえだろ」

対戦相手ではあるが、咲月は俺の姪だ。いかにこいつらといえど、名前くらいならともかく、家での生活態度や好き嫌い、性格やこれまでの実績、方向性なんかを教えるなんてありえない。

だが、大変だって言ってもそこまで深い個人情報とか調べさせたわけじゃないし、簡単だっただろう。コイツらには簡単なチーム編成や名前、それからこれまで潜《もぐ》ったダンジョンや実績くらいしか調べさせていないからな。

「でも、情報は武器」

「そうだ。それは誰が相手でも変わらない」

そうして話しているうちに時間となり、俺達はゲートへと向かうべく立ち上がった。

「んじゃまあ、頑張れ」

「「「はい！」」」

廊下《ろうか》を進んで少しすると、背後から複数の足音が聞こえてきた。

「あっ！　みゃずきしゃ……！」

よほど緊張《きんちょう》しているんだろうな。咲月はパタパタとこちらに向かって駆《か》け寄ってきながら、噛《か》んでしまった口を押さえている。

「み、瑞樹さん！　きょ、今日はよろしくお願いします！」

「ええ。こちらこそよろしくお願いします」

そわそわとどこか落ち着かない雰囲気《ふんいき》を醸《かも》し出している咲月だが、これからのことを考えれば当然だろうな。

「えっと、おじさん。今日はどうするの？」

「ん？　ああ。安心しとけ」

落ち着かない雰囲気のまま咲月が主語も何もなく問いかけてきたが、その意図はわかっているので頷《うなず》きを返す。

「今朝も言ったが、俺は今回何もしないからお前達だけでなんとかしろよ」

先日咲月から相談を受けてから、俺は今回の戦いで手を出さないことに決め、そのことはすでに宮野達にも伝えてあった。

最初は文句を言っていたが、咲月達との戦力差がありすぎることを伝えると不満げながらも理解をしてくれたので、俺が手を出さないことについては問題ない。まあ、手を出さないだけで選手として出場自体はするけどな。

「やっぱ可愛い姪とは戦いたくない感じ？」

「まあそりゃあな。それに、咲月に頼《たの》まれてんだよ。俺は戦うなー、って」

「何それ、贔屓《ひいき》じゃん」

「贔屓というか、裏切り？」

贔屓って言われたらその通りだが、裏切ったわけではないだろ。

「この程度ハンデにもならねえだろ。純粋な戦闘能力で言ったらお前らの誰《だれ》か一人だけでも十分なんだから。優《やさ》しい叔父《おじ》さんから姪へのせめてもの手助けだ」

「贔屓してる事に変わりなくない？」

「血縁《けつえん》だからな。多少は私情も入るさ。世の中そんなもんだろ？」

それに、ただ贔屓してるって以外にも俺が手を出さない理由はある。もっとも、今の時点で宮野達にそれを伝えるつもりはないが。

「というわけで、なんか一言ないか？」

「え？　え？　な、なんか一言って……何？」

咲月としても〝やること〟は終わったようなので声をかけたのだが、いきなり話を振《ふ》られたことで咲月は混乱して俺や宮野達のことを見回してから首を傾《かし》げた。

「なんでも良いから、ほら。今日の意気込《いきご》みとか、ぶっ倒してやるとか、そういうなんか言ってみろ。言葉としてはっきり口にするだけで、結構気持ちが落ち着くもんだぞ」

「え、えー？　うーん。じゃあ……みなさん！　怪我《けが》しないように気をつけてください！」

「……なんだそれ？　なんかもっと他になかったのかよ」

「だっていきなりだったんだもん！　そんなこと言われても困るに決まってるじゃん！」

そうかも知んねえけど、怪我しないように、なんてこれから戦う相手に向ける言葉じゃないだろ。けどまあ、らしいと言えばらしい言葉ではあるのか？

「まあそういうわけだ。お前らを怪我させてやるからせいぜい覚悟《かくご》しとけとさ」

「そ、そんなこと言ってないし！　変な訳をしないでよ！」

俺の勝手な意訳を聞いて咲月は俺の服を掴んで文句を言ってくるが、これくらいは言わないとだろ。それに、全くの嘘《うそ》ってわけでもないだろ？

「でも、挑む覚悟はあるんだろ？」

「それは……」

咲月は一瞬だけ目を見開いてから顔を逸《そ》らしたが、数秒ほどしてから、わずかに迷った様子を見せつつ宮野達へと顔を向けて、それから再び俺へと顔を戻して頷いた。

「うん」

「なら、頑張れよ」

「あ、うん。じゃあえっと……よろしくお願いします！」

それだけ言うと、咲月は他のメンバー達を急かして去ってしまった。

――桜木《さくらぎ》　咲月――

「うあー……なんか思いっきりやらかした感がするぅ……」

浩介達《こうすけたち》と別れてさっさとゲートの中へと飛び込《こ》んでいった咲月達だったが、所定の位置に移動している間、咲月は先ほどの自分の行動を振り返って頭を抱《かか》えていた。

そして、頭を抱えたのは咲月だけではなくそのチームメイト達もだった。

「さ、咲月！　なんであんな大見栄切ったの⁉」

「いや、私だってそんなつもりなかったんだけど、おじさんが背中を押すから……ああなったらもう思いっきり飛び込むしかないじゃん！」

咲月としてはそれほどはっきりと何かを告げるつもりはなかった。先ほどの行動は、一言で言ってしまえば状況《じょうきょう》に流されたのだ。だが、言った内容がまるっきりの嘘というわけでもないのだから、言ってしまった後になって撤回《てっかい》することもできない。

「まあ、始まっちゃったんだしどうしようもなくない？　それより、もうついたし対策考えないとっしょ」

「あ、そ、そうだよね！　ってわけで、作戦会議！」

しばらく森の中を歩いていると、咲月達に与《あた》えられた所定の位置へと到着《とうちゃく》したので、改めて今回の作戦について話し合うことにした。

「えーっと、まずおじさんと話して考えた作戦はもうみんなに伝えたけど、改めて確認《かくにん》ね」

咲月のチームは教導官を合わせて五人。斥候役の咲月と、教導官の治癒師。それから戦士が三人。彼女《かのじょ》らは、円陣《えんじん》を組みながら咲月の話に耳を傾《かたむ》ける。

「瑞樹さん達は多分、バラけて私達のことを探すと思うの。柚子《ゆず》さんが宝のところに残るかはわからないけど、おじさんが手を出さないってなると多分自分達の宝を守るために残るんじゃないかな。そうなると瑞樹さん、佳奈《かな》さん、晴華《はるか》さんの三人が探しにくることになるけど、私達のことを最初に見つけるのは晴華さんだと思う。あの人は生き物の熱を感知して敵を探し出すから」

そうして話した内容は、浩介と話した結果、瑞樹達《たち》の動き方の中で最も可能性が高いものだ。本来であれば敵であるチームに自分達の行動を話すなんてありえないが、今回は別だった。

浩介としては、姫である咲月の見せ場を作らせてやりたいと思うと同時に、宮野達の経験になればと、敢《あ》えて情報を漏らして瑞樹達の難易度を上げるつもりなのだ。

「見つかった後は、一旦《いったん》他のメンバーに連絡《れんらく》を入れて、合流してからこっちに仕《し》掛《か》けてくると思うんだよね。でもそうされると困るから、最初に晴華さんを探し出して奇襲《きしゅう》で倒す。……倒せるかはわかんないけど、とりあえずそのつもりでやって、戦ってればそのうち瑞樹さんと佳奈さんがくると思うから一旦この場所まで撤退《てったい》して、仕掛けた罠《わな》を使ってどうにかしよう、って感じだけど……何か質問ある人ー」

最初から勝てるとは思っていない。それでも何かしらの傷を残すことができるようにと、浩介と共に考えた作戦。その内容は前日からチームメンバー達にも伝えていたし、そのつもりで準備してきた。あとは実行するだけである。

「昨日の説明ん時はそれしかないかもって頷いちゃったけど、全員でまとめて動いてたらどーすんのー？」

「安倍《あべ》先輩《せんぱい》を最初に倒すっていうのは良いけど、ちゃんと発信機を仕掛けられたの？」

咲月のチームメンバーである二人が問いかけてきたが、発信機とは今回の作戦の要とも言えるもの。先ほど瑞樹達と廊下で遭遇《そうぐう》した際に、もっとも厄介《やっかい》で優先すべき目標である晴華に発信機を仕掛けていたのだ。これは当然ながら咲月が考えたことではなく、浩介の入れ知恵《ぢえ》である。

そして、普段自分達が使っている手ではあるが、まさか相手に使われると思っていない瑞樹達は自分達の体に何かつけられているとは思わず、今もその位置が咲月達に筒抜《つつぬ》けとなっていた。

「あ、うん。発信機はオッケーだよ。さっき付けておいたから。全員一緒《いっしょ》に動いてたら……そのときはもう仕方ないから、仕掛けを全部一斉《いっせい》に起動して、状況をめちゃくちゃにしてから特攻《とっこう》してく感じでよろしく！」

「仕掛けの一斉起動って、めっちゃ運が良くないと自滅《じめつ》するじゃん」

「まーでもそれくらいやんないと、そもそも攻撃《こうげき》を届かせることすらできないんだから仕方なくない？」

「その時って、狙《ねら》う敵は自由で良いんだよね？」

「うん。下手に狙いを決めちゃうよりも混乱させられると思うから」

一応作戦は立ててある。その通りに進めば勝つこともできるかもしれない。

だが、最初からそんな作戦通りにことが運ぶとは思っていない。それは咲月だけではなく、浩介もそうだ。どこかで必ず綻《ほころ》びが出る。

その際に、どうするかと言ったら――運任せである。

というよりも、それ以外に方法がない。真っ向から戦って勝てないのだから、偶然《ぐうぜん》を味方につけるしかないのだ。その偶然が起こる確率を上げるための乱戦。自分達ですら予想できないような状況を作ることで、相手を混乱させるのが狙いだった。

どうせまともにやっても勝てないのだ。なら、自分達がうまく動けなくなったとしても結果は変わらない。ただ負けるだけだ。だったら、少しでも勝ちの目が出る確率をあげようとするのは当然であった。

「それじゃあ、罠を仕掛けよっか。できるだけいっぱいあった方が成功率高くなるんだから、これで私達の結果が決まると言っても過言じゃないよ！」

咲月の言葉にチームメンバー達が頷くと、それぞれあらかじめ話していた通り罠を設置し、陣地《じんち》を構築していく。

「それにしても、発信機とかよく思いついたよね。それも咲月のおじさんの助言なわけ？」

「そーだよー。土曜日に相談してデートして、ついでに色々買ってもらったの」

「発信機を売ってるようなお店を知ってるって、なんか危ない感じしない？」

「大丈夫《だいじょうぶ》だってば。っていうか、結構その辺のお店で売ってるっぽかったよ」

「へー、そうなんだ」

「うん。そーそー。あ、それから、多分晴華さんの感知範囲《はんい》よりも発信機があるこっちの方が早く見つけられると思うけど、その時は魔力《まりよく》は使わないでね。晴華さんって魔力を見ることができるから、それでも私達のことを見つけることができると思うんだよね」

晴華の眼は特殊《とくしゅ》であり、常人とは違《ちが》って魔法《まほう》として具現化したものではなく魔力そのものを見ることができる。しかし、そんな情報は普通なら他のチームの者では知りようがないことだ。そんなことを知っている咲月に、メンバーの一人が首を傾げた。

「そんな情報どっから調べてきたの？　魔力が見れるとか感知の範囲とか、普通は秘密にするもんだし、調べてわかることでもなくない？」

「あれじゃない？　叔父さんが教えてくれたんじゃないの？　向こうのチームの教導官だけど、こっちに協力してくれてるんでしょ？」

「ううん。おじさんはいろいろ相談に乗ってくれたけど、ケチだから情報まではくれなかったんだよね」

「じゃあどこから?」

「あーっとね……うーんと、実はニーナっていう私の妹的な子がいるんだけど、その子が国の研究所で暮らしてて、そこの所長さんに聞くとなんでも教えてくれるんだって」

この世界で最強の〝コネ〟である。浩介でもそんなことにニーナを使ったりはしないだろう。咲月としては、教えてほしくて聞いたわけではなくただ世間話として電話しただけだったのだが、その際に浩介が話さなかった内容まで全て教えてもらったのだ。

「そんな子がいたの?」

「へー、そーなんだ」

「まー、とにかく。試合が始まるまでまだ時間があるし、見つかるギリギリまで準備してこー!」

咲月達は本気で瑞樹達に立ち向かうべく、通常ではあり得ないくらいの量の罠をこれでもかと仕掛けていくのだった。

◆◇◆◇

試合開始のサイレンが鳴った後、咲月達は自分達の宝があり、罠を仕掛けた陣地から離《はな》れ、全員が晴華につけた発信機の反応を頼《たよ》りに移動していた。

通常であれば自分達の宝が奪《うば》われた時点で負けなのだから宝を守る人員を置くものだが、どうせ最初から勝てないのだからと咲月達は宝の守護に関しては捨てることにした。その分攻撃に全力を注ぐことができる方が良いと判断したのだ。

「もうすぐだよ!」

「え、まじっ? もう来ちゃったの!?」

「反応がある方に真《ま》っ直《す》ぐ来てたんだから当然でしょ」

「でも早すぎない? まだ心の準備があれなんだけど……」

「ってか他の人はどうなの? いる感じ? 勇者先輩は!?」

森の中をしばらく進み、あと少しで接敵するというところまで近づいた咲月達だったが、奇襲を仕掛ける段階になって『勇者チーム』を相手にすることに緊張して来たのか落ち着かない様子だ。

「えっと、あー、うー、お、落ち着いて! そう。落ち着いて! 大丈夫だからできるはず!」

「あんたも落ち着いてよ」

「皆《みな》さん。こっちを見てください」

メンバー達が浮き足立《あしだ》っている中、咲月達の教導官が晴華には気づかれないように小声でありながら声を張り、咲月達の注目を集める。

「相手が『勇者チーム』なのも、彼女達《かのじょたち》に襲《おそ》いかかるのも予定通りだったはずです。準備はできていますよね？」

「えーっと……うん、私はオッケー」

「あ、私も」

「それだけ出来ているのでしたら、作戦通りに進めればいいんです。何も今から慌《あわ》てる必要はありません」

教導官という大人が指示をしてくれたからだろう。装備の確認をし、答えている間に咲月達は落ち着きを取り戻《もど》していった。

「なんか、ちーちゃんがすっごい頼もしい感じに見える……」

「普段はあんまし口出ししてこないのにね」

咲月達《たち》の教導官は普段はあまり口を出す方ではないようで、メンバー達は冗談《じょうだん》混じりに驚《おどろ》いた様子を見せている。

「私だって、必要な時は口を出しますよ。普段は口を出す必要がないくらい皆さんが立派に行動できているというだけです」

「そうかな？」

「そうですよ。だから、今回も普段通りにやればいいんです」

「……うん。そうだよね！　元々負ける予定で挑んでるんだから、慌てる必要なんてないもん！」

そう意気込む自分達のリーダーである咲月の姿を見て、他のメンバー達は完全に落ち着きを取り戻した。

「それじゃあ、えっと……まずは相手の確認かな？　晴華さんは来てるのが確定だけど、他に瑞樹さん達がいるかどうかだね」

「そもそもどの辺にいんの？　こっちに来てたりしないよね？」

「あっとね……うん。大丈夫。それと、ゆっくり動いてる感じだからまだ私達のことは見つけてないと思う」

「じゃあ、作戦通り最初から一斉攻撃《いっせいこうげき》で行くよ」

咲月の指示に頷き、五人は『勇者チーム』を倒すべく動き出した。

◆◇◆◇

「おじさんならこの距離《きょり》でも銃《じゅう》とか使って攻撃するのかもだけど……」

「銃なんて私ら持ってないし」

晴華に感知されないように背後からこっそりと近づいている咲月達だが、まだ遠い。せめて後少しだけでも標的である晴華に接近してから攻撃を仕掛けたいところだ。

銃などの遠距離《えんきょり》武器を使えば攻撃できたかもしれないが、そんなものを咲月達は持っていないので、どうにかして近寄るしかなかった。

絶対に気づかれてはならないと、生きた心地《ここち》がしない中でどうにかこうにかギリギリのところまで晴華に接近した咲月達。

もう頃合《ころあ》いだと判断した咲月は、片手を上げてメンバー達の意識を集め——振り下ろした。

「攻撃っ!」

手を振ると同時に叫《さけ》び、突撃《とつげき》していく咲月と、そんな咲月と同時に走り出した他のメンバー達。

咲月達は戦士であり遠距離の攻撃は専門ではないが、遠距離からの手段が全くないというわけでもない。それぞれが走りながら手に持っていた石やナイフを投げつけた。

普通の相手であれば突然《とつぜん》の奇襲に驚き、近寄ってくる敵への対処と、同時に行われた投《とう》擲《てき》による攻撃への対処に悩《なや》んで隙《すき》を作るのだが……

「うっそ⁉」

「中々やる。でも、まだ甘い」

奇襲に反応して振り返った晴華は驚きも迷いも見せることなく、自身へ向けられた攻撃を全て迎撃《げいげき》してしまった。

相手に隙はなく、このまま仕掛けたところで返り討《う》ちに遭《あ》うかもしれない。けど、奇襲を仕掛けた以上自分達の位置はバレており、次はない。

このまま逃《に》げてしまえば自分達に万が一にでも勝ち目は無くなってしまうのだから、このまま襲うしかない。

「このままやるよ！」

一瞬でそう判断した咲月は、メンバー達の迷いを消すために叫び、速度を上げて突《つ》き進《すす》んでいく。

「瑞樹、佳奈。敵を発見。目印を使う」

迫《せま》ってくる咲月達を目の前にして、晴華は耳に片手を当てると普段通りの声音《こわね》で呟《つぶや》いた。

どうやらフィールドに散った瑞樹達に連絡をしたようだ。

直後、後少しで手が届くという距離まで近づいたところで、突然《とつぜん》咲月と晴華の間に巨大《きょだい》な火柱が出現し、天を衝《つ》いた。

「ぎゃあああ！」

「何あれ！　なにあれ⁉」

「いくらなんでも強すぎない⁉」

「皆さん気をつけて！　あれを見て他の敵メンバーが集まってきます！」

「一人だけでもやばいのに他もって、無理に決まってんでしょ！」

晴華にとっては牽制《けんせい》程度でしかない魔法ではあったが、その威力《いりょく》は特級にすら迫る能力の持ち主が使ったもの相応。いまだ格上との本格的な戦いをしたことがない咲月達にとっては、恐怖《きょうふ》を感じるのに十分なものだった。

「大丈夫！　いくらすごいって言っても森全体を燃やしたりはしないはずだし、あの程度の炎《ほのお》なら私の妹よりも弱いもん！　避《さ》けられるし戦えるって！」

だが、メンバー達が混乱している中であっても、晴華の能力を知っていた咲月にとっては少し驚いた程度のもの。いや、実際には少しではなくとても驚いていたが、だが〝驚いた〟だけだった。だからこそ、咲月はその足を止めることなく前へと踏《ふ》み出して晴華へと迫った。

一年生とは思えないほど落ち着いた行動であるが、咲月が比べた妹とはニーナのことなのだから、確かに他の炎の魔法は劣《おと》って見えることだろう。それは一級である晴華の炎であってもそうだ。

「……咲月、よく言った。なら、少しだけ火力を上げる」

とはいえ、比べる相手が誰であろうと関係ない晴華は、自身の炎を侮《あなど》る言葉を聞いて普段よりもわずかに眉《まゆ》を寄せ、更《さら》に炎の勢いを増すことにした。

「うわあああん！　咲月がバカなこというから～！」

「でもやるしかないんだから火の勢いなんて関係ないでしょ！」

「関係大アリだから！　強さがだんちなんだってば！」

勢いの増した炎の柱と、そこから放たれる熱に逃げ惑《まど》う咲月達。いまだこの場から逃げ出してはいなかったが、分かりやすいくらいに混乱しているのが晴華の目からも見てとれた。

「火球×二じゅ――――う？」

そんな咲月《さき》達を狙うべく新たな魔法を発動させようとした晴華だったが、その途中《とちゅう》で突然足をとられたかのように体勢を崩《くず》した。見れば、晴華の足には細いが丈夫《じょうぶ》な縄が絡《から》んでおり、その両端《りょうたん》は咲月達のメンバーが持っていた。

どうやら、先ほどまで晴華の周りを逃げ回っていたのは、ただ混乱していたから、恐怖していたからではなく、こうして晴華の足をとるための作戦だったようだ。

そして晴華が体勢を崩した状態が咲月達の作戦だというのなら、その〝次〟があるものだ。

「かかった！　襲撃《しゅうげき》第二弾《だん》開始！」

咲月の指示に従いメンバー達が再び動き、今度は耐火性《たいかせい》の強いもので晴華のことを縛《しば》ろうと、晴華の周辺をぐるぐると走る。

「三弾もやっちゃって！」

「くっ……」

最初の縄で転び、次に拘束《こうそく》されて身動きの取れなくなった晴華だが、まだ魔法がある。

だがそんな魔法も、まともに狙いをつけることができないのであれば効果は著《いちじる》しく落ちることになる。

咲月達は身動きの取れなくなった晴華にとどめを指すのではなく、万全《ばんぜん》を期すために抵《てい》抗《こう》できないようにと砂や胡椒《こしょう》や刺激物《しげきぶつ》を使って目潰《めつぶ》しなどの嫌《いや》がらせをしていった。

「これで……あたしらの勝ちだあああ！」

そうして仲間達が稼《かせ》いでいる時間を使い、咲月達のメンバーの一人である戦士の少女が近くにあった木を切り、その木をいまだ拘束されている晴華へと叩《たた》きつけるように押《お》し倒《たお》した。

倒れた木が晴華に当たる。その直前――

「びゃあああああ⁉」

「なにっ⁉　なんなの⁉」

ドンッ！　と木が倒れたのとは違う轟音《ごうおん》がその場に響《ひび》き渡《わた》ったと同時に、ものすごい衝《しょう》撃《げき》が咲月達を襲った。

突然の事態になにが起こったのか理解できなかった咲月達。音と衝撃に耐《た》えてから晴華へと視線を向けたが……

「ごめんなさい、晴華。ちょっと遅《おく》れたわ」

「大丈夫。でも油断した」

「みたいね。いえ、それは私もかしらね」

咲月達の視線の先にあったのは――『勇者』の姿だった。

不機嫌《ふきげん》そうな晴華と苦笑《くしょう》まじりに話している瑞樹だが、どうやら晴華から連絡を受けてからすぐさま駆けつけたようだ。連絡をしてからまだ数分と経《た》っていないが、これだけの早さで来られるのは流石は雷《かみなり》を司《つかさど》る勇者と言ったところだろうか。

「て……撤退！」

当初の予定では晴華一人だけを倒すはずだったのだが、そこにもう一人が来てしまったとなれば話が別だ。

このまま戦っても勝ち目はないどころか、後少しだった晴華を落とすことすらもできないと判断した咲月は今度こそ撤退の合図を出す。だが……

「させないわ」

瑞樹という『勇者』が、敵を目の前にしてそう易々《やすやす》と逃がしてくれるはずがなかった。

一瞬で咲月の目の前に移動した瑞樹は、その勢いのまま剣《けん》を振り下ろす。

「きゃあっ……！　って、あれ？」

だが、そのまま咲月のことを切り裂《さ》くと思われた瑞稀《みずき》の攻撃だったが、その剣は振り下ろす途中で何かに阻《はば》まれたように動きを止めていた。

見れば、瑞樹の剣の先にうっすらと板のようなものが浮《う》かんでいるが、どうやら誰かが結界を張ったようだ。

「早く行きなさい！」

「ちーちゃん！」

ちーちゃん——咲月達の教導官が張った結界によって瑞樹の攻撃から生き延びることが

できた咲月は、自身を助けてくれた恩人に驚きと感謝の表情を向けた。だが、助けた教導官の表情は苦いものだった。

「足止めくらいはやってみせます！　どうせ攻撃を受ければ一撃《いちげき》で終わるんですから、治癒師なんて残っていても意味はないでしょう！」

「……お願い！」

一瞬《いっしゅん》だけどうするか迷った咲月だったが、このまま戦っても勝ち目なんてないことを理解していたためすぐに決断をし、一言だけ言い残してから他のメンバー達と共に走り去っていった。

「初めまして、勇者さん。少しの間お手合わせ願いますね」

自分が守るべき生徒達がいなくなったことで自身と敵である三人だけが残り、咲月達の教導官は『勇者』に臆《おく》することなく杖《つえ》を構えて向かい合った。

「咲月達の教導官の方ですか。申し訳ありませんが、今はその時間はありませんのでまた後日とさせて――」

「逃げても構いませんが、この戦いは中継《ちゅうけい》されていることを覚えていますか？　たかが一級相手に逃げれば、あなた方の評判は落ちてしまいますよ」

「評判、ですか……そうですね。私自身の評判はどうでもいいんですけど、仲間や伊上さんの評価が下がってしまうのは嫌ですね」

瑞樹としては自身の評判はどうなっても構わないが、逃げたことで浩介の評判まで落ちるのであれば話は別だ。

逃げるわけにはいかない。だがゆっくりしている時間もない。そう考えた瑞樹は、目の前に立ちはだかる敵を即座《そくざ》に倒し、逃げた咲月達を追うべく武器を構えて睨《にら》み合った――が、その直後、薄暗《うすぐら》かった森の中が突如《とつじょ》明るくなったことで、瑞樹達はそちらへと意識を向けた。

「私もいる。今度は油断しない」

体に巻き付いていた縄や目に入っていた砂などの対処が終わったのだろう。普段《ふだん》よりもずっと不機嫌な表情を浮かべた晴華が、背後に無数の炎を浮かべながらゆっくりと近づいてきていた。

「……思ったよりも、時間が稼げないかもしれませんね」

そうして『勇者チーム』と一級教導官による、二対一の圧倒的《あっとうてき》に不利な戦いが始まった。

◆◇◆◇

「ちーちゃんが時間を稼いでるうちに早く！」

「わかってるってば！　これでも急いでんのよ！」

罠を仕掛けた初期位置まで戻ってきた咲月達は、瑞樹達が来ても対処できるように罠を起動する準備をしていた。

だが、自分達の教導官が犠牲《ぎせい》になったことを理解しているからか、その様子は普段とは違い、ピリピリとした空気が漂《ただよ》っている。

「咲月」

そして、そんな緊張感のある空気の中で、全体の指揮をしていながらも自身も罠の確認をしている咲月に声がかけられた。

「なに――っ！　……瑞樹さん。じゃあちーちゃんは……」

「結界の治癒が起動して退場してるわ」

「そう、ですか……」

咲月が振り返った先には、木々の向こうから三人の敵――瑞樹達が姿を見せていた。

「咲月まずいって。三人とも揃《そろ》ってるよ」

「勝てないどころか、何にもさせてもらえないでしょこれ」

罠は仕掛けてあるのだから、あとは発動するだけで終わる。だが、罠を張ったと言っても、元々三人同時に相手をするつもりはなかったのだ。このまま罠を発動させて戦ったとしても、うまく罠にかけることはできず、勝率は著しく落ちる。それどころか、そもそも勝ち目があるのかもわからない。

「でも、やるしかないよ。最後だから、覚悟決めてね」

だが、勝ち目がなかったとしても、ここで諦《あきら》めて降参するなんてカッコ悪い真似《まね》をすることなんてできない。せめて最後まで足掻《あが》いて、負けたらその時に悔《くや》しがればいいと、咲月はチームメンバー達に笑いかけた。

「……皆さんに、一つだけ聞いてもいいですか？」

咲月は瑞樹達へと振り向き直り、緊張から一度唇《くちびる》を濡《ぬ》らして話しかけ……

「なにかしら？」

「もし私が……おじさんの私生活の写真をあげるって言ったら見逃《みのが》したりしてくれませんか？」

一度だけ深呼吸をしてからそう口にした。

わけがわからない。今の話を聞いていた部外者がいたらそう思ったことだろう。

なぜこんな状況で敵のおじさんの写真で解決すると考えたのか。理解できるはずもない。

なんだったら仲間であるはずの咲月のチームメンバー達も唖然《あぜん》としている。

　だが、そんなわけのわからない言葉は、今咲月達が対峙《たいじ》している相手に対してはある意味必殺の一撃となりかねないものだった。

「……へ?」

「えっ!」

「ちょっと欲《ほ》しいかも?」

　それまでの緊張感を綺麗《きれい》に消し去って、瑞樹は呆《ほう》けた声を漏《も》らし、佳奈は少し嬉《うれ》しそうに驚き、晴華は普段通りの様子で悩んでみせた。

「え、いや、でもこれは勝負で——」

　予想外の言葉と、それに釣《つ》られている仲間達の様子を察し、瑞樹は咲月達から視線を外して振り向いたが……その隙を逃《のが》す咲月ではなかった。

「いっけえええ!」

「っ!　これはっ……!」

　瑞樹達の隙をつくように咲月が叫びながら走り出し、それと同時に叫びによって気を取り直した咲月の仲間達が罠を全て起動させた。

「ぎゃあああっ!?」

「いったあああっ!」

だが、やはりというべきか。狙いもなにも定めずに強引《ごういん》に全ての罠を起動させたことで、咲月達自身も罠を受けて怪我をしてしまっている。

「えっと、自爆《じばく》してる？」

そんな様子を瑞樹達は罠に対処しながら困惑《こんわく》した様子で見ているが……ただ一人。咲月だけは怪我をしつつも止まることなく瑞樹に接近していた。

自身に近寄ってくる咲月を見て警戒《けいかい》を強めた瑞樹だが、その直後、煙《けむり》が辺り一面を覆《おお》い隠《かく》した。

「煙幕《えんまく》っ……くっ！」

先ほどまでは罠があろうとも何かが飛んでこようとも対処することができたが、煙幕でまともに視界が利《き》かない状態での対処はいかに瑞樹達といえども難しい。

「吹《ふ》き飛ばす！」

そんな状況を打破しようと晴華が魔法を発動させ、爆発《ばくはつ》を引き起こした。宣言通り、爆《ばく》風《ふう》で煙を吹き飛ばそうとしたのだろう。だが……

「うぎゃあああああ！」

「わあああああっ⁉」

本来であればちょっとした爆風を起こすだけの魔法のはずが、なぜか自分達すらも巻き込んで体を叩き潰《つぶ》すかのような爆炎《ばくえん》となってこの場にいる者全員を吹き飛ばした。

「なんでっ……⁉」

自身の意図しない結果が起こったことで、晴華は爆発の衝撃に押されながら目を見開いて驚きを露《あら》わにする。

それは晴華が魔法に失敗したからではなく、先ほど咲月が使った煙幕が可燃性のものだったというだけだが、それを知らない晴華は混乱し、自身の魔法の腕《うで》に疑念を持つしかできなかった。

「まだっ……」

咲月の発生させた煙幕は消え去ったものの、予想外の爆発により土煙《つちけむり》が舞《ま》って尚《なお》も視界が利かない中、爆発の衝撃で吹き飛ばされた咲月は全身に痛みを感じつつも歯を食いしばり、踏み出した。

「──え」

「これでえええええっ！」

油断していたからだろうか。晴華の様子がおかしいことに気づいたのも理由かもしれないし、大規模な爆発に佳奈が吹き飛ばされたことも理由かもしれない。なんだったら敵である咲月達のことを心配したのもあるかもしれない。

そんな様々な理由から、未《いま》だ爆発の衝撃から完全に立ち直ることができていなかった瑞樹は、すぐそばまでやってきている咲月に直前まで気づくことができなかった。

瑞樹が気づけたのは、咲月が自身のすぐそばに接近し、持っていたナイフを自身の首に突き出した瞬間《しゅんかん》だった。いくら瑞樹が咲月よりも速く動けるとはいえ、これほどまでに近くてはどうしようもない。

結果、その刃《やいば》は瑞樹の首へと——届いた。

「……え？　なんで——ぐえっ！」

だが、届いただけだった。

突き出した刃が瑞樹の首に触《ふ》れていながらも、それ以上先に進まない事に咲月は目を丸くして動きを止めてしまう。

動きを止めて隙だらけとなった咲月の腹部に瑞樹の拳《こぶし》が繰《く》り出され、咲月は車に撥《は》ねられたかのように大きく弾《はじ》き飛ばされてしまった。

殴《なぐ》り飛ばされた咲月は木に叩きつけられ、結界による治癒《ちゆ》が発動した。

「ごめんなさい。柚子に守りの魔法を施《ほどこ》してもらってたの」

瑞樹は自身の首筋を押さえながら、倒れている咲月のことをじっと見つめてそう呟いた。

咲月達と瑞樹達の勝負は、こうして瑞樹達の勝利となったのだった。

――伊上　浩介――


「うーし。お疲《つか》れさん」

「お疲れ様《さま》でした」

お疲れって言っても、俺《おれ》はなんもしてねえけどな。

それにコイツらだって特に疲れた感じはしていない。まあ普段の訓練の方がきつい時があるし、当然だろうな。

ただ、肉体的には疲れておらずとも、精神的には違うのだろう。宮野達……特に宮野の表情が硬いものになっている。

「この後は今日の反省だ。今日はお前達としても学ぶところがあったんじゃないか？」

「ですね」

「その言い方だと、あんた見てたの？」

「いや？　ただ、完勝したにしてはお前達の表情が微妙《びみょう》だったからな。勝ったは勝ったけど、なんかしら思うところがあったんだろ」

というか、そうじゃないと困る。そのために咲月の相談に乗って作戦を練ったのだから。

「そう、ですね」

「それに、咲月にお前達の対策を教えたのは俺だしな。何かあったのかくらいは予想できる」

「ちょっ！　なんでそんなっ……もう！」

「やっぱり裏切り者だった？」

「裏切ったんじゃなくてお前達の成長のためだって。格下相手でも勉強になっただろ？」

浅田は声を荒《あら》らげているし、安倍もなんか普段とは違って眉を寄せている。だが、意味があったのは間違《まちが》いないはずだ。

「特に宮野。思うところでもあるんじゃないのか？　さっきから首を押さえてどうした？」

戦いで何かあったのか、宮野は右手で首を押さえている。

俺はまだ試合中になにがあったのか映像を見ていないが、それでもおおよその予想はつく。おそらく、咲月か誰《だれ》かに一撃もらったんだろうよ。

「あ。瑞樹ちゃん怪我《けが》したの……？」

「え？　ああ、ううん。そうじゃないの。ただ、ちょっとね。まさか攻撃が届くなんて思ってなくて」

「あー、最後のあれって届いたんだ。でも結界があったんだから痛みとかはなかったんでしょ？」

「ええ。でも……」

宮野は言葉を止めるとわずかに俯《うつむ》き、少ししてから顔を上げてこちらを見つめてきた。

「伊上さん。私は調子に乗っていたんでしょうか？」

「まあ、そうだな。油断、慢心《まんしん》、そういったもんがあったのは間違いないな。じゃなかったら、咲月のチームに苦戦なんてしなかったはずだ。いくら対策をしていたっつっても、相手は二級のチームなんだからな」

いくら咲月達が考えて罠《わな》を張って全力で倒しに来たと言っても、所詮《しょせん》は二級のチームでしかないのだ。その気になれば対策なんていくらでもあるし、いくらでも対処できる。

何かしらの問題があったようだが、それはこいつらが〝その気〟になっていなかったからだ。

今回の戦いは宮野達に良い経験になったと思う。いくら自分達が格上なんだとしても、油断して良い相手なんていないんだ、ってな。

今回は結界があって安全の確保されていたお遊びだったが、もし今回の戦いが命をかけた実戦だった場合、かなりまずいことになっていただろう。

相手が二級じゃなかったら、あるいは咲月達の持っている武器がかなり上等なものだったら、そしたら宮野は首を切られることになっていたはずだ。

それでもすぐに死ぬってわけじゃないし、北原《きたはら》がいるんだから治癒をすれば問題ない。だが治癒ができなかったら？　あるいは毒で治癒を受ける前に死んでしまったら？　そんな可能性が、ないわけではないのだ。

「咲月達のチームは、強かったですね」

「それは本人に言ってやれ。どうせ数日もすればそのうち会うだろ」

「そうですね」

負けはしたが、咲月達二級が中心のチームが勇者のチーム……それも勇者本人に一撃入れることができたってんだから大金星だ。何せ、普通《ふつう》なら出会った瞬間にやられておしまいになるはずなんだからな。

宮野もそんな咲月達の努力がわかっているからか、どこか硬い笑《え》みを浮かべて頷《うなず》いた。

「おじさーん」

「ん？　ああ、なんだこっちに来たのか」

噂《うわさ》をすれば影《かげ》がさす、ってか。

声がした方を見れば咲月がこっちに向かって小走りで来ているが、ちょうど宮野達と咲月について話してたところで来るなんて、タイミングを測ってたんじゃないかとさえ思えるな。

「まあせっかくだしね。瑞樹さん達に挨拶《あいさつ》しておこうかなって」

「負けたばっかりの相手に挨拶って、悔しくないのか？」

「ちょっとあんた……」

「悔しいよ。でも、わかってたことだけど当然かなって」

笑いながらそう言っている咲月だが、やはり本人が言っているように悔しいのだろう。

その笑みにはいつものような明るさがない。

だから教えてやろう。そんなに落ち込《こ》む必要はねえんだって。お前はよくやったんだ、ってな。

「ああそうだ。お前に良いこと教えてやるよ。宮野が、お前の一撃は効いたってさ」

「え？」

俺の言葉にキョトンとした様子を見せた咲月は、徐《おもむろ》に宮野へと視線を移していった。

咲月が見てきたことで、宮野は小さく息を吐《は》き出してから笑みを浮かべて話し始めた。

「……そうね。ええ、咲月。あなたの一撃は、ちゃんと届いてたわ。正直なところ、こう言ったら悪いけれど、あなた達じゃ私達に怪我を負わせるどころか、攻撃《こうげき》を当てることすらできないと思ってたの」

「それは、まあ仕方ないんじゃないですか？　だって戦力差を考えれば当然で……」

「そうね。当然のはずだった。でも、あなたは私に剣を届かせた」

「でもあれは偶然《ぐうぜん》でっ……私の実力じゃないです！」

「偶然だとしてもよ。だってそれはつまり、偶然と言う要素が絡んでしまえば私に……『勇者』に届きうる能力があるってことなんだもの。私は、あなた達がそこまで強いだなんて思っていなかったの」

　まあ、普通のやつなら運が絡んだとしても勇者に一撃入れるなんてできやしないからな。作戦や罠があったんだとしても、最低限届き得るだけの実力がなければ一撃を入れることなんてできない。

　そして、宮野はまっすぐ咲月のことを見つめてから一度だけ深呼吸をし、口を開いた。

「でも、次も私達が勝つわ」

「今度は、偶然じゃなくてちゃんと一撃入れてみせます」

　そう言い合った二人は、最初のどこか陰《かげ》のある様子とは違《ちが》い、堂々としたものになっていた。

　今回の戦いは、宮野達にとっても咲月達にとってもいい経験になったようだな。

「こっちはこっちで反省会があるから、お前ももう帰れ。そっちだってチームメンバーが待ってたりするんじゃないのか？」

「あ、うん。それじゃあ……あ、そうだ。おじさん。今日はお夕飯いらないから。みんなと食べてくる」

「おう。帰ってはくるのか？」

「んー、どうだろう？　みんな寮《りょう》だし、多分帰るかな」

「そうか。まあ帰ってこなくても良いけど、そんときは電話入れろよ」

「はーい」

返事をして去っていった咲月の背中を見送るが、多分残念会とか愚痴《ぐち》祭りとかになるだろうから泊《と》まりになるだろうな。

「伊上さんって、ちゃんと叔父《おじ》さんやってるんですね」

「叔父さんよりも、パパって感じじゃない？」

「で、でも伊上さんって、なんだかお父さん役が似合いそうだよね。面倒見《めんどうみ》は良いし
……」

「パパになる？」

おい、安倍。また不穏《ふおん》そうなことを言って、そりゃあどういう意味だよ。

「パパって、誰のだよ。お前のか？」

まさかとは思うが、結婚《けっこん》して子供を、なんて話じゃないだろうな……。

「……パパー。お小遣《こづかい》いちょうだーい」

パパってそっちかよ！

「おい……間違ってねえのかも知んねえけど、なんかいかがわしい感じになってんな」

「だめ？」

「そもそも親子じゃねえし、なんの理由もなく金を渡せるかよ」

援交《えんこう》なんてしたことないし、これからもするつもりねえよ。

「じゃあ、私達の勝利祝い？」

「あー、まあそれならありか？　でもせめて飯を奢《おご》るくらいにさせろ。現金は無しだ」

今回俺は手を出さないどころか、なんだったら敵の手助けをしてたからな。そこに理由があったとしても、手間をかけさせたのは事実だ。その分の償《つぐな》いというか、謝罪を兼《か》ねて飯くらいは奢ってやってもいいかもな。

「あっ！　じゃああたし行きたいとこあるんだけど。駅前のビルに入ってる店なんだけど、ああいうのってあたしらだけじゃ入りづらいから大人が欲しかったのよね」

「どこでもいいが、じゃあそこで反省会でもするか」

ただ、こいつら覚醒《かくせい》者だし結構食うんだよな……。ほどほどの金額で抑《おさ》えてくれると助かるんだが……仕方ないか。

◆◇◆◇

「今日は三年との戦いか……大丈夫《だいじょうぶ》か？」

一回戦である咲月達との戦いが終わってから数日が経ち、今日は二回戦の日となった。

相手は三年生のチームで、二年生である宮野達よりも三年生の方が一年多く学んでいるので、一般的《いっぱんてき》に見れば格上が相手だ。

とは言っても、コイツらの場合は一般的な格なんて判断基準にならないけど。何せ特級が――その中でも『勇者』なんて呼ばれる奴《やつ》がいるし。今回もコイツらが勝てるだろうよ。

まあ、だからって舐《な》めてかかるわけにはいかないけどな。

今の三年ってことは、去年の二年生であり、当然ながら例の襲撃を経験している。

あの襲撃を経験した学生達《たち》の意識はそれまでとは変わっただろうし、昨年までの三年とは比べ物にならないはずだ。

「平気ですよ。前回の疲労《ひろう》は抜《ぬ》けましたし、反省もしましたから」

「誰が相手だって負けないって！」

「ん。問題ない」

「が、頑張《がんば》ります」

四人とも意気込《いきご》みは十分だな。これに勝てば次はお嬢様《じょうさま》との戦いだし、そうなるのもわかる。

だが、だからといって目の前に迫っている戦いの相手を侮るわけには行かない。

「じゃあ敵の確認《かくにん》だ。敵は五人。魔法《まほう》二人、治癒師二人、斥候《せっこう》一人。それから教導官も斥候役だ。まあ前回とは逆な感じの偏《かたよ》ったチームだな」

今回の相手チームの基本的な戦い方は、治癒師が結界を張って魔法で仕留める。斥候は敵や地形の調査と、戦闘《せんとう》中の撹乱《かくらん》や阻害《そがい》がメインの戦い方。相手の使う魔法属性に対策できてれば割と楽に勝てるが、できてなきゃ辛《つら》いことになるかもしれない相手だ。

まあ、その分メンバーのほとんどが魔法使《まほうつか》いなので機動力は死ぬけど、殲滅《せんめつ》戦や拠点《きょてん》防衛には強い。完全に対応されるようなら、宮野達でも苦戦するかもしれないな。

一応宮野か浅田が危険を承知で力技で突っ込んでいけばどうにかできるかもしれないが、それは最終手段だからやらないだろうし。

「で、作戦だが、宝は北原が管理して、万が一敵が来たら全力で守る。俺とお前らは突っ込んでいって探査と討伐《とうばつ》。……質問は？」

宝は宮野が持つのが一番安全だが、それでは宝の所有者は拠点から動けなくなるので攻《こう》撃力《げきりょく》が減る。

なので、このイベントにおいて宝は基本的には北原が持つことになっていた。治癒が必要になったら拠点まで戻《もど》ってこいって感じだな。

とはいえ、それだけだと万が一敵が今までの定石を無視して突っ込んできた場合に困るので、出かける前にトラップを仕《し》掛《か》けるし、北原には攻撃用に魔法具をそれなりの量用意した。襲撃を受けた場合も、すぐに誰かしらが戻ることになっているので問題はないだろう。

「今回はちゃんと戦ってくれんのね」

「まあな。咲月みたいな知り合いがいるわけでもねえし、お嬢様との戦いの前に無駄《むだ》に消耗させるのも悪いからな」

「……」

お嬢様、という言葉を聞いた宮野達は真剣《しんけん》な表情で黙《だま》ってしまった。気になるのは仕方ないし、意識がそっちに向くのも仕方ないが、これからの戦いに集中できないようじゃまずいし、一言言っておくか。

「わかってると思うが、お嬢様達《たち》のチームと戦うことばかり考えて、目の前の相手のことを疎《おろ》かにするなよ？」

「大丈夫です。たとえどんな相手でも油断はしてはいけないと、咲月に教えられましたから」

「そか。なら宮野、号令を頼《たの》む」

宮野へと視線を向けると、宮野はしっかりと頷き、メンバー全員を見回した。

「それじゃあみんな。今回も勝つわよ！」

「「おおー！」」

拳を上げてやる気を見せている宮野達を見ながら、俺は声を出しはしなかったが軽く顔の前あたりまで拳を持っていった。

そうして俺達《おれたち》は待合室を出ると、試合会場となるゲートへと向かっていった。

―◆◇◆◇―

「始まったな」

ゲートを潜《くぐ》り抜けて所定の位置についた俺達は準備を整えて待っていたのだが、ついに試合開始の合図が鳴った。

「それじゃ、行こっか！」

浅田の陽気な声に釣られて全員が頷き、俺は北原へと振《ふ》り返った。

「今回も北原は一人になるが、何かあったらすぐに知らせろよ？」

「は、はい。大丈夫です」

北原はいつものように少し自信なさげに頷くと、俺達他の四人に強化魔法をかけていく。

一応俺も自前で使えるが、専門じゃないし、仮に専門だったとしても三級の魔法じゃ一級の北原の強化率には勝てない。

今回は敵は拠点防衛型と言うことなので、宝を守る必要はないため、宝を守るための人員を割《さ》かなくて済む。なので、今回は北原だけがこの場所に残ることになる。

こんなところに置いていかれるのは暇《ひま》だろうし寂《さび》しいだろうが、無線は繋《つな》いでおくのでそれで我慢《がまん》してくれ。

「一応ついていくが、俺は敵の探索《たんさく》と教導官の相手をするだけだ。他の生徒達は手を出さない。わかってるな？」

「はい」

そうして宮野、浅田、安倍の三人に俺を加えた四人は敵を探して走り出した。とは言っても敵の場所なんて分からないので、走りながら確認するんだけどな。

だが、多分だけどすぐに見つけることはできると思う。俺は自分よりも格上の魔力《まりょく》の反応があれば少し距離《きょり》が離《はな》れていてもわかるし、安倍は普通なら見えないような魔力を見ることができる。それに、熱源探知の魔法だってある。

ただ、その上であっても前情報なしに敵の位置を探すのは容易ではないので、バラけて探した方が効率的ではある。

だが、先日の咲月達との戦いを経て、効率を落としたとしても安全を重視することにしたようだ。

「やり方のかくにーん。あたしは突《つ》っ込めばいいんでしょ？」

敵を探して走っている最中、浅田が緊張感《きんちょう》のない声で気楽そうに話しかけてきた。

「そう。いつも通り」

「そうね。私と晴華で魔法を使って、佳奈が突っ込んでいく。ただ、今回は前回と違って私も魔法に回るわ。結界を張ってるみたいだし、それを破るためにも火力はあった方がいいもの」

敵の前回の戦い方を見ていると、陣地《じんち》を作って結界を張り、そこに引き篭《こ》もるだろう。なので、まずは結界を壊《こわ》すところから始めないといけない。

「でも、狙《ねら》われる」

「ええ。だから敵の斥候が来たら私はその対処に向かう。ようは囮《おとり》ね」

確認と言うだけあって、作戦としては最初から決まっている。

敵としては『勇者』を無視することなんてできないだろうし、最初に排除《はいじょ》するだろうと考えていた。仮に勝てなかったとしても、『勇者』を倒すことができていればそれはそれで相手チームの評価が上がることになるだろうからな。

なので、宮野は剣で切りにいかないで、魔法を使ってあえて隙《すき》を作ることになった。

敵は結界を張って引きこもっているだろうし、それをどうにかするために魔法を使うと見せかければ、敵も囮だとは思わないだろう。敵からしてみれば勇者を倒して評価を得るための絶好の機会となるわけだ。

もし仮に囮なんだと気がついたとしても、結界が壊されては負けになるので、敵は宮野を狙わないわけにはいかない。

そうして敵の斥候役を宮野に引きつけて、他に結界の外にいる奴がいなくなった状況《じょうきょう》を作り、安倍と浅田が結界を壊す。

宮野は斥候役を倒《たお》せたらすぐに結界破壊《はかい》に加わって、結界を壊すし、そのまま全滅《ぜんめつ》まで持っていく。

それが今回の作戦だった。

敵にも教導官はいるし、そいつも結界の外で動き回るタイプだが、それは俺が対処する。宮野達だけでも対処できるだろうが、俺も一つくらいは仕事をしないとな。

「見つけた」

そうこうしている間に敵の反応を見つけ、一旦《いったん》停止してから宮野達に伝えて襲撃《しゅうげき》の準備を始める。そして……

「来たぞ！」

できる限り魔力の反応を抑えて魔法を準備させたが、それでもやっぱりこれだけの距離で高威力《こういりょく》の魔法を組まれれば気づけるか。

敵チームは宮野と安倍の魔法の構築を邪魔《じゃま》するべく魔法を飛ばしてきたが、もう遅《おそ》い。

「くっ！　結界の維持《いじ》を！」

宮野と安倍の発動した魔法は、こっちに向かって飛んできた魔法を飲《の》み込んで、そのまま敵の結界へとぶつかった。

敵チームの結界は二人の魔法を受けても未だ壊れることなく残っている。

魔法の反応をギリギリまで隠すために威力は犠牲になっていたものだが、それでも威力はそれなりにあった。だというのにそれを防ぐということは、敵チームは流石《さすが》は三年って言えばいいんだろうか？

「んー、残ってるかー。じゃ、次はあたしの番、っと！」

残っていた結界を見た浅田は、不敵に笑うとその場から駆《か》け出し、敵の結界へと接近していく。

その迎撃《げいげき》のために魔法が飛んでくるが、浅田はそれを最小限の動きだけで避《さ》け、時には俺がやるように小石を投げて暴発させたりしながら進んでいった。

「うっ、りゃあああああっ！」

浅田は結界に近づくと持っていた大槌《おおづち》を両手で握《にぎ》りしめ、突っ込んでいった勢いのままに思い切り結界に向けて叩《たた》きつけた。

だが、残念なことに結界にはヒビは入ったものの破壊には至らず、そのヒビもすぐに修復されてしまった。

……なかなかやるな。ギリギリとはいえ持ち堪《こた》えたか。

相手の評価を少しだけ上方修正しておこう。そう考えてから辺りを見回すと、俺は結界のある場所とは別の方向を見ながら声をかけた。

「さて、それじゃあ――おーい！　そっちの教導官さんよお！　こっち来てくんねえか！　教導官どうしで一騎打《いっきう》ちと行こうや！」

敵の教導官は斥候役らしいが、まだ甘《あま》い。俺に敵愾心《てきがいしん》でも持っているのか、マイナスの感情がこもった視線が感じられる。

モンスター相手や机上《きじょう》の試験だったら問題ないんだろうけど、人間相手だと自分の感情ってのは気をつけないといけないもんだぞ。

調べた限りではコイツは現在二十二歳《さい》だ。まだ『お勤め』を終えて活動するようになってから二年経《た》っていないので、仕方がないと言えるかもしれない。

しかも、その『お勤め』だって学生中の三年間を計算に入れたものだから、実質的にプロとして活動したのは五年経っていない。そりゃあ甘くても仕方ないだろう。

多分敵愾心の元は、エリートとも呼べるかもしれない戦術教導官に三級の俺が選ばれたのが気に食わないんだろう。一応教導官って国の機関だし。それも今では結構重要なやつ。

他にもそう言う奴らはいたし、コイツがそうでも不思議ではない。二十二歳でエリートに選ばれれば、選民思想を持ってもおかしくはない。元々一級の奴らはプライドが高いのが多いしな。

まあ、どんな考えを持とうが構いやしないが、目を曇《くも》らせるんなら、そんなもんは邪魔でしかねえけどな。

「んお?　来たか」

そうして宮野達から少し離れたところで待っていると、背後から首に一撃《いちげき》受けた。だが、その程度は想定内だ。

斥候役、言い換《か》えれば暗殺者が狙うと言ったら、背後からの首か心臓だろう。だから俺はそこだけはしっかりと守っていた。守ると言っても実力ではなく魔法具だけど、まあ守れたんならなんだっていいだろ。

「三級程度が調子に乗って……」

忌々《いまいま》しげに呟《つぶや》いているが、やっぱり俺の階級とかその辺のことがエリート心を刺激《しげき》したか。

でも、斥候が攻撃後も姿を見せたままってのは、ちっと舐めすぎじゃね？

相手の教導官は俺を舐めているんだろう。馬鹿正直に正面から突っ込んで持っていた短《たん》剣《けん》を突き出すが、んなもんは簡単に避けられる。

攻撃を避けられたのが想定外だったのか、相手はぴくりと表情を変えたが、すぐに追撃《ついげき》のために短剣を振るう――が、動揺《どうよう》して振るわれた攻撃なんて、簡単に避けることができる。

「くっ！　どうして届かないんだ⁉」

「悪いが、負けるわけにはいかねえんだわ。じゃないと馬鹿にされっからな」

宮野よりも遅い剣速《けんそく》で当たるわけがない。俺はあいつの模擬《もぎ》戦相手やってんだぞ？　あいつと戦う時は小細工をしまくってるが、こういう能力だけのやつは、俺と相手に性能に差があっても避けることくらいできる。

そして、何もしなくても避けられるが、だからと言って何もしないわけではない。相手の攻撃の間に魔法を放つし、砂を投げるし、不意に一歩踏《ふ》み出して距離感を外したり、突《とつ》然《ぜん》大声を出して驚《おどろ》かせたりなんてことをしている。

今もそうだ。攻撃が当たらないことで段々と雑になってきた相手の顔面むけて唾《つば》を吐きかける。

一応目を狙ったんだが、外してしまい、だが鼻には当たったようで相手は一瞬《いっしゅん》咽《む》せている。

相手の教導官は唾が鼻に当たったと理解するとすぐに攻撃をやめて袖《そで》で鼻を拭《ふ》いた。まあ汚《きたな》いのはわかるさ。すぐに拭きたいって気持ちもわからなくはない。――でも、その考えは甘くねえか？　これは命をかけた殺し合いじゃないが、勝負だってのには変わりないんだぞ？

「ぐあぁっ！」

俺は馬鹿みたいに動きを止めた相手の膝《ひざ》を狙って銃《じゅう》をぶっ放した。

一級って言っても速度重視のやつは銃が効くからいいよな。

普通の銃で浅田みたいな重戦士系を撃《う》ったんじゃ効果なんてほとんどない。せいぜいがちょっと強めのデコピンを喰《く》らった程度だろう。

だが、防御力《ぼうぎょりょく》の低い速度型だと、普通に殴ったくらいのダメージは出る。

それでも貫通《かんつう》しないどころかめり込みすらしないあたり、化け物してると思うけどな。

「舐めるなああ！」

「苛立《いらだ》ってんのはわかるが、斥候が感情的になって大声出すなよ」

俺に攻撃を当てることができないにもかかわらず、自分は膝にダメージが出たことで苛立ちが限界に達したのか、叫《さけ》びながらもう一度突《つ》っ込んできた。

「くそっ！　早く……こんなんで足止めくらうわけには行かねえってのに……っ！」

「急《せ》いては事を仕損じるって知らないのか？　そんなんだから頭上の注意が疎かになるんだよ」

「は？　っ！　上か⁉」

俺が話しながら視線を頭上へと向けると、相手は俺が何かしたと思ったのか、つられるようにバッと勢いよく上を見た。

「……何もない？」

そりゃあそうだろ。何せ、上になんて何も仕掛けてないんだから。今のは単なるブラフでしかねえよ。

　さっきも思ったが、これは一応勝負なんだ。相手から視線を外してどうするよ。もっと勝負の駆け引きってもんを積んでから出直しな。

　馬鹿みたいに上を見上げて呆《ほう》けている相手の喉《のど》を目掛《めが》けて魔法具の短剣を突き立てると、そこで治癒の結界が発動して相手を癒《いや》し始めたので、俺は短剣を抜いて血を拭ってからしまった。

「ひっかかってくれてありがとな。筋は悪くないが、経験が浅い。もうちっと経験を詰《つ》むといい」

　組合や学校が認めたってことは、誰かに教えることができる程度の能力はあるんだろうが、今のままじゃ少し王道から外れた戦いをする相手にゃ勝てねえよ。

「さて、あっちはどうなったかね？」

と呟きながら視線を向けたところで、ちょうど宮野と安倍が魔法を放つのが見えた。

どうやらあっちを狙ったであろう斥候は排除したらしいな。

「やあぁぁぁあっ！」

　宮野と安倍、二人の魔法に意識を向けている間に、相手チームの背後に移動していた浅田が結界へと思い切り武器を叩きつける。

「――え」

「なっ⁉」

三人からの同時の攻撃を受けた結界は、砕《くだ》け散るような硬質《こうしつ》な音を響《ひび》かせながら崩《くず》れ去り、それと同時に相手チームの間の抜けたような声と驚いたような声が聞こえた。

「セヤッ！」

しかしそれで終わりではなく、魔法を放ち終えた宮野がすぐさま接近し、背後にいた浅田を見ようと振り向いていた相手チームを切りつけた。

宮野と浅田の挟撃《きょうげき》を受けた相手チームは、そのまま全滅し、俺達は手に入れたヒントから宝を探して試合は終了《しゅうりょう》となった。


―◆◇◆◇―


「みんな、お疲れ様！」

「「「お疲れ様！」」」

戦いが終わった後、俺達はゲートを出ると祝勝会的なものをするために適当にコンビニでアイスやジュースなんかを買って、近くの公園のベンチに座《すわ》ってそれぞれを労《ねぎら》い、勝利を祝った。

だが、勝ったというにもかかわらず、なぜか北原はあまり浮《う》かない表情をしている。

どうしたんだろうか？　敵が攻《せ》めてきたってわけでもないんだから、負傷したりってのはないだろうし、あったとしてもすぐに治せるだろう。

と思っていると、北原は徐に口を開いた。

「ごめんね。私は役に立てなくて」

役に立てなくて、か。どうやら北原はさっきの戦いで自分一人だけが離れた場所に残って戦いに参加できなかったことが悔《くや》しいらしい。いや、さっきの戦いだけじゃないか。一回戦目の咲月達との戦いだって、北原は宝の守りで待機しているだけだったから、そのことも併《あわ》せて出てきた言葉なんだろうな。

「いやいや、役に立ってるって！」

「そもそもの話、このルールだと一人は動けないんだからどうしようもないじゃない」

そうなんだよなぁ。この『宝はその場から動かしてはいけない』ってルールがある以上、敵を攻める場合は誰か一人は宝の守護のために残らなくちゃならない。宝をどこかに隠《かく》してノーガードで仕掛けるってのもありっちゃありだが、宮野達の場合はそんな奇策《きさく》を使わずに守っていたほうが手堅《てがた》い。

それに、まず前提から間違っている。今回は北原が宝の守護役として残ったが、だからといって、それは北原が戦いに参加していないというわけではない。

北原は直接的な戦いには参加していないかもしれないが、戦いそのものにはしっかりと参加していたのだ。

「っつーか、そもそもの話で言ったら役に立ってねえって話が間違いだろ。最初に強化かけてもらわねえと、俺《おれ》はコイツらに置いていかれることになってたぞ？」

試合が始まってから俺達が敵の陣地に向かうとき、最初に北原は俺達全員に身体強化と守りの魔法をかけてくれていた。

それがなかったら俺は敵の教導官相手にもう少し苦戦したかもしれないし、体力的にも魔力的にも、相手のところに辿《たど》り着くまでに少なからず消耗《しょうもう》していたと思う。疲れることなく、そしてこいつらに置いていかれることなく走っていられたのは、北原が魔法をかけて支援《しえん》をしてくれたおかげだ。

俺がそのことを言うと、なぜか北原ではなく浅田が納得《なっとく》したように何度も頷いた。

「あーね。あんた足遅いもんね」

浅田は、そう言いながら俺を見て少し馬鹿にするように笑ったが、俺から言わせて貰《もら》えるなら、お前と一緒《いっしょ》にするなと言ってやりたい。

「筋肉ゴリラと比べないでくれねえか？」

「誰がゴリラだってのよ？」

「お前だよ。両手持ちの大きなハンマーを片手で軽々と振り回してんだ。力がねえなんて言わせねえぞ」

「むー……」

俺の言葉に反論できないのか、浅田は少しだけ不機嫌《ふきげん》そうに眉《まゆ》を寄せて唇《くちびる》を尖《とが》らせ、小さく唸《うな》った。

そんな反論しない浅田の様子を見て、俺はさっき笑われた仕返しとばかりに鼻で笑ってやったが、脛《け》を蹴られた。いたい。

「まあ気にするってんなら、次ん時にがんばりゃあいいんじゃねえの？　どうせ、次はいやでも動いてもらう事になるだろうしな」

浅田のことは放置して、本題である北原へと視線を戻してから言う。

今回活躍《かつやく》したかしなかったかなんてのは、正直なところはどうでもいい。

いくら俺達が「お前は活躍してた」って言っても、本人としては素直《すなお》に認められないだろうから、その辺は自分でケリをつけるしかない。

だから大事なのはそんな他人にはどうしようもないもう終わったことではなく、もっと違うこと。

つまり、次の対戦相手――お嬢様達のチームのことだ。

どうせ、戦いに参加したくないって言ったところで絶対に参加することになるんだから、活躍を気にするんだったらその時に頑張ればいい。

「次？　……あ」

「天智《あまち》飛鳥《あすか》」

北原は俺の言葉を聞いて次の相手が誰なのか気付いたようで、ハッとしたように顔を上げた。

そして、安倍の言葉を聞いて、北原以外の二人も真剣な表情へと変わった。

「一応トーナメント形式だし、相手が勝たないと当たらないだろうが、まず来るだろ」

「はい、そうですね。そうします」

試合の形式上、相手と当たるかどうかってのは確実なことではない。

俺達が次に戦う相手はお嬢様達だってのはあくまでも予想でしかないが、多分この予想は外れることはないだろう。

「みんな、次は頑張るから」

「ええ。次〝も〟期待してるわね」

◆◇◆◇

「やあやあ。試合お疲《つか》れ様《さま》」

試合が終わった翌日、昨日の反省会ってことで訓練場を借りているとジークが姿を見せた。こいつ、今日も他のチームの試合があるだろうにそっちにはいかなくていいんだろうか？

「あ、ジークさん。ありがとうございます」

「流石は彼《かれ》の教え子ってところだね。危なげなく勝てたみたいじゃない」

「ありがとうございます。ジークさんにそう言っていただけると自信がつきます」

こんなやつに何も言われなくても、お前達は自信あっただろうに。

「うんうん。──ただ同時に、あの程度か、とも思ったね」

……は？　いや……なに？　こいつはなんでこんなことを言ってんだ？

「……ちょっと、それどういうこと？」

「どうもこうも、言葉通りだよ。これまでも軽く手合わせをしてきたけどさ。正直なところを言えば、〝彼〟が育てているのにあまりにも君達は弱すぎる」

突然のジークの言葉に宮野達は困惑《こんわく》した様子を見せていたが、そんな中で浅田はジークを睨《にら》みながら問いかけたが、ジークは浅田の睨みなど微塵《みじん》も恐《おそ》れずに言葉を続けた。

ジークからしてみれば浅田の怒気《どき》なんて恐れるようなものじゃないのは理解できる。だが、こいつはなにが言いたいんだ？　こんなことを堂々と言うようなやつじゃなかったはずだが、なにを考えている？

「学生だからって甘えてるのかな？　彼が軍隊の教導官として務めることになれば、君達程度はいくらでも量産できると思うんだよね。なんだったら、階級さえ揃《そろ》えてくれれば、君達よりも強くすることだってできるはずだ。これまで一年あったんだろう？　それなのに、なんで君達はそんなに弱いのかな」

「おい、ジーク。てめえ何言ってんだよ」

バカなことを言っているジークを止めるために肩《かた》を掴《つか》もうと手を伸《の》ばしたが、俺の手はするりと避けられてしまう。

「君のためを思って言ってるのさ。実際、君だって思ったことがあるんじゃないかな。『こいつら成長するのがおせえな』なんてさ」

「ねえよ。こいつらはよくやってるだろ。成長だって十分すぎるほどに強くなってる」

「そうかな？　学生だから仕方ない。子供だから仕方ない。私生活を守ってやらないと。

……なんて、そんなことを考えてたからこの程度で満足してるんじゃないの？」

それは……まあ思ったことがないわけでもない。一週間泊まりでダンジョンに潜《もぐ》りたいと思ったこともあったが、翌日も学校だということや、休みまで訓練させるのもな、と考えてそこそこのところで終わらせたことはあった。

俺が手心を加えたのは事実だが、こいつらが成長したのも事実だ。それも、俺の想定以上にな。

「いや、そんなことはねえ。実際こいつらは俺に勝ったんだ。それに、特級のモンスターだってこいつらだけで倒した。一年前は役に立たない新人だったにもかかわらず、たった一年でそこまでできるようになったんだ。十分すぎるほどの成果だろ」

「でも、僕《ぼく》は勇者としてまともに活動するようになって半年で特級を倒したよ。チームじゃなくて、一人でね」

そりゃあお前が元々勇者になるべく鍛《きた》えてたからだろうが。勇者として活動する前にある程度鍛えていたんだから、勇者になってから成果を出すのが早いのは当たり前だ。

だが宮野達は、そもそも勇者になる前の訓練期間が短かった。高校に入ってから訓練したとして、半年くらいなもんだぞ。俺が鍛えたのだって一ヶ月程度だった。つまりほぼ素人《しろうと》だ。

そんなやつがたった一年で勇者として活動できるくらいの実力を身につけたんだから、十分成長したって言えるだろ。

「それにしても、彼に勝った、ねえ……。これまで君達のことを見てきたけど、とてもそうとは思えないんだよねー。もしかして、手を抜いたりしてなかった？」

「おいジーク。てめえ何が――」

「なら、どうすれば認めてもらえますか？」

俺からの文句を流してなおも話を続けるジークを止めようとしたが、そこに宮野が割《わ》り込《こ》んできた。

「そんなに僕に認められたいの？」

「私が貶《けな》されるのはかまいません。実際、他の勇者の方々に比べれば私は弱いでしょうから。ですが、私達をここまで育ててくださった伊上さんのことを否定するのは認められません」

「何言ってるのさ。彼のことを否定したことなんてないよ。僕はいつどんな時でも彼の支持者だ。僕が言ったのは彼のことじゃなく、君達の不甲斐《ふがい》なさだよ。人の話はちゃんと聞こうね。強くなった、勇者として戦った、彼に認められた。そんな自尊心なんて無い方がいいとまでは言わないけど、傲慢《ごうまん》になってないかい？　いじめられて可哀想《かわいそう》な自分に酔《よ》って、彼をダシにして話を捏造《ねつぞう》するのはやめた方がいいよ」

嘲笑《あざわら》うかのように吐《は》かれたジークの言葉は辛辣《しんらつ》だが、あながち間違《まちが》いでは無いかもしれない。実際、宮野もそう思ったのだろう。驚いたように目を見開くと何かを言おうとしたのか口を開いたが、すぐに閉じてしまった。

「それでも何か言いたいことがあるなら、少し勝負しようじゃないか」

「勝負、ですか？」

「そうさ。まあ、そうだね……君達は大事な戦いを控《ひか》えてるみたいだし、試合に支障が出ないように軽いもの……ああそうだ。一撃勝負にしようか。君達が僕に仕掛けて、僕が動けなくなったら君達の勝ち。もし君達の攻撃《こうげき》が終わっても僕が動けるようなら今度は僕が君達に攻撃を仕掛けて、その後に一人でも立っていられたなら君達の勝ち。どうかな？」

ジークに攻撃を通すか、ジークからの攻撃に耐《た》えるかすれば宮野達の勝ちか。宮野達に有利な気もするが、正式に活動している『勇者』と、あくまでもまだ学生の『勇者見習い』の戦いと考えれば、まあ妥当《だとう》なところか？

「なにそれ。あたしらばっか有利じゃん」

「当たり前だろう？　君達と僕とじゃ経験も能力も、いろんなところが違《ちが》っているんだからさ」

ジークは『勇者』として活動している時間が宮野達よりも長い。それはつまり、それだけ多くの危険なゲートに挑《いど》んできた時間が長いということだ。

宮野達も特級のモンスターを倒すことができたが、そんなのはジークだって同じだ。むしろ、回数でいえばジークの方が上なんだし、経験してきた修羅場《しゅらば》の数が違う。

そして、冒険者《ぼうけんしゃ》において経験というのは強さと同義でもある。宮野達じゃまだジークの強さには及《およ》ばないだろう。

「君達が強い……とまではいかなくとも、まあそれなりにやるんだな、って僕に思わせてみなよ。ああ、作戦が必要なら相談する時間くらいあげるよ」

何か言いたそうな様子の宮野達だったが、今何かを言っても無駄だとでも思ったのか、なにも言うことなく四人で話し始めた。

「ジーク。お前なに考えてんだ」

宮野達の様子を見て頷《うなず》いてから体をほぐし始めたジークだったが、そんなジークに近寄って問いかける。

「ん？　んー、まああの子達って君に勝ったって言ったでしょ？　なら、ちょっと手合わせしてみたいかなー、ってさ。まあ僕としても〝君に勝った〟っていう彼女達《かのじょたち》の実力がどの程度なのか知りたいんだよ」

「どの程度って……『勇者』として活動することができるくらいには強くなってるっての」

「でもさ、そもそも君に勝ったっていう戦いだけど、君は本当に本気だったの？」

「本気だったに決まってんだろ。俺が手ぇ抜くと思ってんのか？」

あの時、俺は間違いなく本気で宮野達と戦った。突発的《とっぱつてき》ではあったが、本気だったことは間違いない。

「いや、んー……じゃあさ、全力だった？　武装も仕掛けも環境《かんきょう》も、全部整えた上で戦ったの？」

「そりゃあ……」

本気ではあったが、全力だったかと言われると、はっきりと言い切ることはできない。何せあの時は状況が状況だ。周辺の地形なんて把握《はあく》できてなかったし、装備だってフルで整ってた訳じゃない。前もっての罠《わな》なんて論外だ。

そういうあれこれを考えるなら確かに、〝俺は全力じゃなかった〟ってことになるだろうが、そもそも戦いなんて準備万端《ばんたん》で全力を出せる方が稀《まれ》だろ。

「違うんでしょ？　だったら、勝てて当然だよ。こう言ったらなんだけど、君って素の実力は弱いでしょ？　君の強さはあのいやらしい戦い方なんだから、準備ができてない状態で君に勝ったところで、それは『勇者』としては当然の話なんだ。僕だって、今から君と戦えば勝てるしね」

「だとしてもあいつらが俺に勝ったのは事実で、強くなったのも事実だ」

「そうかもね。だからそれを確かめるんじゃないか」

そりゃあそうなのかもしれないが……。

俺はそれ以上なにも言うことができず、状況を見守ることしかできなかった。

◆◇◆◇

「それでは、お願いします」

そうして宮野達《たち》四人の準備が整ったということでジーク対宮野達四人の戦いが始まることになったが、初手は宮野達による攻撃ではなかった。

「みんなっ、いくよ……！」

防御《ぼうぎょ》を気にする必要がなく、時間をかけることができるからか、まずは北原による強化を施《ほどこ》すことにしたようだ。

「これならっ！」

北原による強化を受けて、浅田が大槌を担《かつ》ぎながらジークへと突進《とっしん》していくが、地面にヒビを入れながら走る姿を見ていると重戦車か何かに思えてくるな。

「そんな単純な――」

単純な攻撃は通用しない。そう言おうとしたんだろうし、事実通用しないだろう。だが、今回の攻撃はただの単純な突撃《とつげき》ではなかった。

「燃えて」

ジークへと突き進《すす》む浅田の背後から、安倍の炎《ほのお》がジークへと襲《おそ》いかかった。

だがそんなことをすれば正面にいる浅田も炎に呑《の》まれることとなるが、不安な様子が全く見られないところから察するに、最初に北原が強化を施した時に炎に対する守りでもかけられているんだろう。

「わお！　味方ごとなんて、随分《ずいぶん》と思い切ったね。でも……⁉」

予想外の行動に驚きに目を見張りながらも、ジークは油断することなく対処しようと正面の炎を見据《みす》えている。だが、攻撃はなにも正面からだけではなかった。

「ハアアアアッ！」

炎で視界を塞《ふさ》がれている間に迂回《うかい》したようで、いつの間にか宮野がジークの背後に現れ、剣を振っていた。

「うりゃあああ！」

そして、そんな宮野と全くと言ってもいいほど同時に正面から迫《せま》っていた浅田が大槌を振り下ろした。

正面から迫る大槌と、背後から斬《き》り掛《か》かってきた剣。そのどちらも、普通《ふつう》であれば避けることも防ぐこともできないはずの攻撃だ。

だが、ジークは〝普通〟ではなかった。

「挟撃か。けど、まだ甘い」

そう呟いたジークは、背後から迫ってきた宮野の剣を右手で掴み取り、正面から迫ってきた浅田の大槌を左手で受け、そのまま横へと流した。

ドスン、と大槌が地面を揺《ゆ》らし、土埃《つちぼこり》を舞《ま》いあげるが、それだけだ。宮野の剣も浅田の大槌も、ジークに怪我《けが》を負わせることはできなかった。

だがまだ終わっていない。浅田の攻撃を防ぎ、いまだに宮野の剣を掴み続けているジークに、最初に目眩《めくらま》しとして放った安倍の炎が襲いかかった。

目眩しといえど、炎は炎だ。それも、守りの魔法《まほう》をかけなければならないほどの強い炎。無防備で受けるのは、いかに勇者といえど避けたいはずだ。

普通ならここで逃《に》げるのがいいのだろうが、あいにくと今のジークは宮野の剣を掴んでいるため動けない。これで剣を離して逃げようとすれば、掴む力を弱めた瞬間《しゅんかん》に剣を振《ふ》り下ろされておしまいだろう。

　結果、ジークは剣を離すことはせず、炎をその身に受けることを選び、迫っていた炎に呑まれていった。

「やったっ……!?」

　思わず、と言った様子で宮野が声を漏《も》らした。

　確かに相手が単なる特級であれば、今ので怪我の一つでも負わせることができただろう。だが、相手は『竜殺し《りゅうごろ》』で名を馳《は》せた勇者だぞ？

「攻撃は中々だね。思ってたよりも熱かったよ」

　炎に呑まれたはずのジーク。だが炎が消えた後に姿を見せた奴《やつ》は、怪我一つすることなく左手をぷらぷらと軽く振りながら笑っていた。

　流石、と言うべきなのかね。竜——つまりドラゴンの中には炎を吐くものがいるが、そんな奴らを専門で狩《か》っているあいつが、耐熱性《たいねつせい》の装備をしていないはずがない。そうでなくても戦士系の特級だから外傷には強い。この結果も当然のものだろうな。

　だが、そんなことは考えていなかった宮野達は、仕留めるどころか、まともに攻撃を通すことすらできなかったせいか浮かない表情をしている。

「さて、君達の攻撃は終わった訳だし、今度はこっちから行くよ」

そう言いながらジークは足を前後に大きく開き、上半身を捻《ひね》ってまでして右腕《みぎうで》を引いた隙だらけの構えをした。

明らかにこれから拳《こぶし》による強力な一撃が来るというのが分かる構えである。

「たった一撃だけで終わらせてあげるけど……誰《だれ》が受ける？」

宮野達は自分達の攻撃だけで終わらせるつもりだったのだろうが、それでも問題なく生き残り、それどころかこれから大技《おおわざ》を使うと言わんばかりのジークの姿に動揺を隠せないでいる。

「……わた――」

「あたしに決まってんでしょ！」

動揺しながらも、数秒ほどしてからジークの問いかけに答えるように宮野が口を開いたが、その言葉を最後まで言い切る前に浅田が一歩前に出てきた。

「か、佳奈⁉」

「単純な殴《なぐ》り合いじゃ、瑞樹よりもあたしの方が強いんだから当然でしょ。すっごい不本意だけどさ」

「柚子。全力の守りをお願い。晴華も、慣れてないと思うけど少しでも軽減できるようにしてちょうだい」

「わ、わかった……！」

「了解《りょうかい》」

今回は守りということで安倍と宮野はあまり役に立てないが、それでも魔法が使えるのだから簡単ながら守りのための壁《かべ》を作ることくらいはできる。そのことも考えると、浅田がジークの攻撃を受け止めるというのは最適の判断だっただろう。

「さて、それじゃあいくよ。これが勇者の……『竜殺し』の一撃だ。しっかりと覚えておくといいよ」

そうジークが言葉をかけた──かと思ったら轟音《ごうおん》と共に奴の足元の地面が吹《ふ》き飛び、破《は》裂音《れつおん》と、少し離《はな》れたところで何かが衝突《しょうとつ》したような音が……いや、これはもはや単なる衝《しょう》突音《とつおん》じゃないな。もはや何かが爆発《ばくはつ》したとすら思えるような音と衝撃《しょうげき》が駆け抜《ぬ》けた。

足元の地面が壊《こわ》れたのも衝突の音がしたのも構わないが、破裂音ってなにがあったんだ？　もしかして、ただのパンチが音速超《こ》えたのか？　だとしたら、相変わらず特級なんてのは化け物揃《ぞろ》いだな。

そんなイカれた威力のパンチは、北原の張った結界を容易《たやす》く砕き、浅田へと届いた。

「ふーん……。まあ、いいんじゃない？　勇者の一撃に耐えられたんだから、中々のものだと思うよ。これなら、今度の戦いでも大丈夫《だいじょうぶ》じゃないかな」

だが、そんな音速を超えたであろう化け物の拳を、浅田は耐え切った。おそらくはジークの拳に合わせて自分からも殴りかかったんだろう。右腕だけ後ろに弾かれたような体勢になっている。

浅田は拳を押《お》さえて顔を顰《しか》めているからそこは怪我をしたのかもしれないが、それ以外に大きく怪我をした様子は見られない。これは、ジークの言ったように耐え切ったと言っていいだろう。

「ジーク。お前わざわざこんな面倒《めんどう》なことしなくてもよかっただろうに。挑発《ちょうはつ》までする必要あったかよ？」

なんだか楽しげに笑いながら戻《もど》ってきたジークだが、まだ聞いていなかった答えを聞くために話しかけた。と言っても、大方予想はついてるけど。

「でも、それじゃあ彼女達の本気が見られないじゃないか。たとえ挑発が偽《いつわ》りだと見抜《みぬ》かれていたとしても、力を発揮する理由があった方が人は力を出せるものなんだよ」

やっぱりそんな理由だったか。無駄《むだ》に誰かを挑発するなんてこいつらしくないと思ったんだよ。

「それじゃあ、頑張《がんば》ってね」

それだけ言い残すと、ジークは笑顔《えがお》のまま手を振って去っていった。

全くあいつは……。だがあいつと戦ったことで慢心《まんしん》は消えただろうし、意味がない戦いだったというわけではない。それに、自信もついたんじゃないだろうか。何せ『竜殺し』の一撃を凌《しの》ぎ切ることができたんだから。

「あんなやり方だったが、それでもお前達が勇者相手に倒《たお》れなかったのは事実だ。今のお前達はそれだけ強くなってるってことなんだから、お嬢様《じょうさま》との戦いも自信を持ってやれよ」

「はい！」

三章　待ち望んでいた機会

二回戦を終えてからまた数日が経《た》った。

今日に至るまで、やっぱりというか、まあやっぱりあの来てほしくない『竜殺しの勇者』様が毎日のように俺達《おれたち》のところへ来ていた。

あいつもあいつで予定があるのか実際に毎日訓練に参加してきたわけじゃないけど、一日に一度は顔を見せにきたので、俺としては非常に疲れる日々となっていた。

まあ、確かに宮野《みやの》達にとっては良い対戦相手だと思うんだけどな？　あの戦いの後も、あの時ほど本気ではないが軽い手合わせを続けてるみたいだし。

特に浅田《あさだ》なんかは勉強になるだろう。何せジークは魔法が使えないんだから。

あいつは特級だし、『勇者』なんて呼ばれてるが、宮野とは違って身体能力が高いだけだ。それでも魔法も使うことのできる他の勇者達と名を並べているくらいなんだから、それはとても凄《すご》いことではある。

そんな魔法の使えない身体能力が高いだけのジークだが、浅田も同じようなもんだ。魔法は使えず、力においてのみ特級に迫るくらいの身体能力を持っているだけ。

もちろん特級に迫ると言っても一級の範疇《はんちゅう》である浅田と、特級そのものであるジークでは総合的な力は違うんだが、それでも同じような能力をしている浅田にとっては、ジークの戦いってのは参考にすべきところばかりだろう。

俺はこいつらに戦いの運び方は教えられても、戦い方や力の使い方を教えることはできないから、勉強になったと思う。

……まあ、その代償《だいしょう》として俺があいつの話に付き合わなくちゃならんハメになったんだがな。

「さて、今日は第三試合。つまりはお嬢様達《じょうさまたち》との勝負になるわけだが……準備はどうだ？」

「完璧《かんぺき》です」

だがまあ、そんなこんなで、ようやく今日がやってきた。ついに因縁《いんねん》の相手とも言えるお嬢様のチームとの勝負だ。今までの訓練が役に立つだろう。

「そうか。なら行くか？」

「そうですね。そろそろ行きましょう」

宮野の言葉に他のメンバー達も頷くと、俺達は立ち上がって待合室の外へと出ていった。

「――っと。気張れよ、お前ら。お出ましだぞ」

だが、部屋を出てゲートに向かおうとしたところで、偶然《ぐうぜん》にも対戦相手であるお嬢様のチームが歩いてるのを見つけてしまった。

どうやらあっちもこれからゲートに向かうようだ。

「え？　――あ。天智《あまち》さん」

俺が立ち止まったことで不思議に思ったのか、宮野は疑問の声を出しながら俺の後ろから顔を覗《のぞ》かせて廊下《ろうか》を見た。

「おはようございます、皆《みな》さん」

お嬢様は宮野の声に反応すると足を止め、こちらへと振り返って挨拶《あいさつ》をしてきた。そしてお嬢様は宮野だけではなく、その後に部屋から出てきた浅田達全員を見回すと、再び宮野へと視線を戻した。宮野とお嬢様は数秒ほど見つめあっただろうか。その表情には以前のような侮《あなど》りも慢心もなく、一切《いっさい》の油断を感じさせない真剣《しんけん》なものだった。

「今日は勝たせていただきますわ」

お嬢様は口を開くと、それだけ言って再び俺達に背を向け、仲間達と共に歩き去っていった。

「――言われたな。どうする？」

「どうするも何も、今回は私達が勝ちます」

お嬢様に触発《しょくはつ》されたのか、さっきまではまだ少しばかり緩《ゆる》んだ雰囲気《ふんいき》だった宮野の表情は真剣なものへと変わり、浅田達も同じようにその身に纏《まと》う雰囲気を変えていた。

調子としては完璧だな。後はどこまでやれるかだが……

「それじゃあ、行くぞ」

「「「はい！」」」

こいつらなら今度こそ勝てるだろう。

――天智　飛鳥《あすか》――

飛鳥は仲間達と共にゲートを潜り、自分達の宝を置く地点へと向かっていた。

そして所定の位置へたどり着くと、飛鳥は自身の手の中にある『宝』へと視線を落とし、その手にグッと力を入れた。

「今度こそ……っ！」

訓練はした。チームの連携《れんけい》も鍛えた。相手が何をしても良いように対策もしてきた。飛鳥に、いや飛鳥達には、油断などと言うものは微塵もなかった。

実際この場所に来る前に、余分なものをつけられていた場合を考えて一度入念に確認《かくにん》を行い余分なものを払《はら》っていた。これは以前の彼女《かのじょ》にはなかった行動で、成長の証だ。だが……

「お嬢様。あまり気を張りすぎない方が良いですよ」

飛鳥の様子が些《いささ》か力が入りすぎているように思え、飛鳥達の教導官であり、飛鳥の実家から彼女を守るように言われている元特級冒険者の工藤俊《くどうしゅん》がそのことを指摘《してき》した。

「そんなこと、わかっていますっ！」

しかし、飛鳥はそんな俊の言葉を聞いても落ち着くどころか、俊へと振り返りながら大声を出してしまう。

自分が叫《さけ》んだことにハッと気がつくと、飛鳥は顔をしかめてバツが悪そうに視線を逸《そ》らした。

「……いえ、ごめんなさい。少々気が立っているようですわ」

「いえ、因縁の相手と言って差し支《つか》えないのですから、無理もないかと」

俊とて飛鳥の事情はわかっている。何せ、飛鳥がこんな状態になっている一因は自分にもあるのだから。

前回の勝負の時に、俊は飛鳥の成長のためだと思って助言をせずにいた。

そのことだけが負けた理由ではないが、それでも負けた要因の一つであることには変わりない。

加えて、助言をしなくとも、自分が動けば最終的には勝てると思っていた。にもかかわらず、俊は相手の教導官である浩介《こうすけ》に負けてしまった。

あの時の戦いは、確かに飛鳥の成長には繋《つな》がっただろうし、飛鳥だけではなくその仲間の成長にもなっただろう。

今までは自身の周りにはいなかった特級——宮野瑞樹《みずき》という対等な存在ができたことも喜ばしい。

だが、代わりに飛鳥は時折思《おも》い詰《つ》めるようになってしまった。

負けたから、ではない。負けそのものは受け入れていた。悔しくはある。だが、次に勝てば良いじゃないか、と。

だから飛鳥が思い詰めているのはそこではなく、ライバルが足掻《あが》いている状況《じょうきょう》で、自分が立ち止まり続けていること。

あの戦いの最後、特級というイレギュラーが出現した。自分達《たち》だけでは倒すのは難しく、危険から逃げ出してもおかしくない状況。実際、飛鳥も瑞樹達も、一歩間違えれば死んでいた。

だがそんな状況の中でも、瑞樹は立ち上がり、抗《あらが》った。ただ倒れて見ていることしかできなかった飛鳥とは違って。

あの時の飛鳥は怪我をしていたのだから仕方がない。そう思うこともできたが、それだけではない。

イレギュラーとの戦いの後だって、学校襲撃《しゅうげき》事件があったがその時も功績と呼べるものを残してはいない。

その後も瑞樹は活躍し、結果を出してきた。けど、飛鳥は足踏《あしぶ》みし続けてなんの結果も出せていない。『勇者』になろうと思えば、なることはできるだけの能力は持っていて、その機会も作ろうと思えば作れるはずだったのにだ。

特級として活躍したい。勇者になりたい。人々を助けたい。――でも最初の一歩が踏《ふ》み出せていない。

ライバルと思える存在ができたからこそ、自分達の間にある差を意識してしまう。そして、今の自分ではまだ瑞樹に届いていないと、そう飛鳥は思い込んでしまっている。

そのことを理解しているからこそ、表には出さないものの、俊の心の中は苦々しい気持ちで溢《あふ》れていた。

あの時、イレギュラーが出現する前の状況的に、瑞樹達との勝負に勝っていたのは自分達なのだとはっきり言うことができたのなら、もしかしたら何かが変わっていたかもしれない。飛鳥をこんなに追い詰めることはなかったかもしれない、と。

あの時の試合で勝っていたからといって、何かが変わるとははっきりと言えない。だがそれでも、こんな思いをさせてしまっているのはあの時負けたからだ、という思いがあった。俊が浩介に勝っていれば、状況的には飛鳥達の優勢となっていたのだから。

故に俊は、相手のことを知っていたのに、舐《な》めて良いような相手ではないことはわかっていたのに、それでも浩介のことを侮り、結果として負けさせてしまった自分を悔《く》いていた。

だがそんな自身の心のうちなど全く見せることなく、俊は飛鳥へと話かける。

「ですが、今回のためにお嬢様は努力されました。考え、鍛え、備えてきた。今度こそ、完璧に勝つことができますよ」

「――ふっ、当然です。今更《いまさら》そんなことを言われずとも、私は最初から勝てると思って――分かっているわ」

勝てると思っている、という言葉から言い直したのは、無意識のうちに負けてしまうと思っていたからだろうか。だからこそ、自分を叱咤《しった》するためにあえて勝利を疑っていないかのような言葉へと変えたのだ。

俊にはそんな飛鳥の様子をわかっていたが、それでも何も言わない。

勝てると言いつつも、本当に勝てるかどうかを疑っているのは、俊も同じだったから。

「俊。今回は途中《とちゅう》で退場するような無様は認めませんわよ？」

「ええ。今回こそは」

飛鳥は、俊に対して前回浩介に負けたことを揶揄《やゆ》しているがそれは言葉通りの意味ではなく、『退場しないでほしい』という無意識の願いの表れだった。

「あなた達も……」

俊が頷いたのを見た飛鳥は少しだけほっとしたように体から力を抜くと、後ろについてきていた自身のチームメンバー達を見回して、だが言葉をかけようとしたところで口を閉じてしまった。

以前の飛鳥は、自分のチームメンバー達を本当の意味で『仲間』だとは思っていなかった。だからこそ、瑞樹を引き抜く、なんてことを言っていたのだ。

冒険者のチームというのは、通常四人から六人での編成だ。だが、飛鳥の班はすでに六人全員が揃っている。

もし仮に、前の勝負の時に瑞樹を引き抜いたのだとしたら、それは瑞樹が入る枠《わく》を空けるために自分のチームから誰かを追い出さなければならないということに他ならない。

あの時の飛鳥は、チームから外されるのは力がないのだから仕方がない、と考えていたが、それは本来冒険者が持ってはいけない考えだ。いつ辞《や》めさせられるのかわからないなんてチームでは、本当に危険な状況になった時に助け合うことなんてできるはずがないのだから。

しかし、今の飛鳥は一年前のあの時とは違う。瑞樹達のチームを見て、自分の考えは間違っていたのかもしれないと認識《にんしき》を改め、以後は『優秀《ゆうしゅう》な冒険者の集まり』ではなく、『チーム』として活動してきた。

今の飛鳥のチームメンバー達は、飛鳥にとって立派な仲間だった。

だがそうなると、同時に怖《こわ》くもある。自分は以前と変わったとはいえ、以前の自分はチームの長に相応《ふさわ》しくなかったのは事実だ。

それでもなお、自分についてきてくれた仲間達。ここで負けてしまえば、そんな仲間達の努力や期待を無駄にしてしまうことになるのだから。

だから、はっきりと向き合うことが怖くて、言葉にするのが怖くて、口を閉じてしまった。

だがそれでも、飛鳥は逃げなかった。一度閉じた口をもう一度開き、はっきりと仲間達を見据えて言った。

「前回、私は情けない姿を見せましたが、今回はそのような姿を見せません。ですから、あなた達も共に勝利を掴みましょう」

「「「はい！」」」

飛鳥の言葉に答えたメンバー達の顔に憂《うれ》いはなく、ただひたすら真《ま》っ直《す》ぐな思いを込めて返事をした。

飛鳥は仲間についてあれこれと心配していたようだが、そんなものは意味がなかった。悩《なや》むだけ無駄というものだ。

何せ、ここに集まっているメンバー達は皆、飛鳥がそういう人だとわかって、だがそれでもついていこうと願ったのだから。

単に、彼女の放つ輝《かがや》きに魅《み》せられたから。

融通《ゆうずう》の利かないところがあるのはわかっていた。

真っ直ぐすぎて気難しいところがあるのもわかっていた。

力がなければすぐに放り出されるだろうということもわかっていた。

だがそれでも、彼《かれ》らは飛鳥の許にいることを選んだ。

融通が利かないのなら自分達が補えばいい。

真っ直ぐすぎるのが問題なら、自分達が飛鳥の進む道以外を拓《ひら》けばいい。

力がなければ放り出されるのなら、居続けることができるだけの力をつければいい。

だって、天智飛鳥という少女は、自分達にとってはとても眩《まぶ》しい英雄《えいゆう》のような人だから。

だから彼ら彼女らはここにいる。

「では、最後に確認をいたします。まずは予《あらかじ》め話した通り、敵の拠点《きょてん》を探《さぐ》ります。見つけるまでの間はこの場所の守りは薄《うす》くなりますが……」

「必ず宝は守ってみせます！」

戦士の生徒と俊が残り、探査に必要な魔法使《まほうつか》いの二人は飛鳥と一緒《いっしょ》に行動。そしてその護衛のために戦士を一人。

「ええ、任せますわ」

自分達の英雄に『任せる』と言われた戦士の少年は覚悟《かくご》を宿した瞳《ひとみ》で宣言し、飛鳥はそれに対して小さく微笑《ほほえ》んで頷いた。

「私達はできる限り迅速《じんそく》に敵の拠点を探し当て、見つけた時点で一度この場所へ戻ってくる。そして状況に応じて防衛と襲撃に分かれて行動いたします」

このゲームはお互《たが》いの位置がわからないで開始するので、まずは相手のチームの陣地《じんち》を探すことからしないといけない。

なので最初は敵を探すことに重きをおいた編成をし、場所が判明次第《しだい》、一旦《いったん》この場所へと戻り、改めて襲撃する、という手筈《てはず》になっていた。

「ですが、その際に探索班《たんさく》、もしくは防衛班のどちらかが襲撃を受けるかもしれません。探索班が襲撃を受けたのなら都度私が指示を出しますが、基本的には迎撃《げいげき》と探索の続行を。防衛班が襲撃を受けた際には、合流致《いた》しますのですぐさま合図をしてください。相手の拠点を見つけるまでは、こちらの脱落《だつらく》は防がなくてはなりませんので」

飛鳥達のチームは六人で、瑞樹達のチームは五人でのスタートである。そのため、お互いに一人も倒せずに時間切れになれば飛鳥達のチームが勝てるという有利な状況ではあるのだが、その状況に甘えて油断すれば負けてしまうという確信が飛鳥にはあった。

「始まりましたわね」

飛鳥達が作戦の確認をしていると開始を告げるサイレンが鳴り響《ひび》き、ついに勝負が始まった。

「それでは、これより敵、宮野さんのチームを倒すべく行動を開始いたしますが……」

勝負が始まったからと言って慌《あわ》てて探索に出ることはなく、飛鳥は改めて仲間達を見回した。

「今度こそ、勝ちましょう」

「「「「はい！」」」」

そして飛鳥達《たち》探索班はその場から離れ、どこにいるか分からない瑞樹達のチームを探し始めた。

「反応は？」

「今のところは何も」

おおよそ十五分程度だろうか。しばらく森の中を進んでいた飛鳥達だが、今回は魔法使いが探索用に魔法を使いながら進んでいるので、普段《ふだん》に比べて圧倒的《あっとうてき》に移動速度が遅《おそ》い。だが、そうでもしなければ見つけられない。

普通は宝を守るために多少なりとも守りの魔法を使ったりするのでその魔力《まりょく》の反応を探ればいいのだし、実際これまで対戦した二チームはその反応を元に探した。だがそれは、相手の魔法が未熟だからにすぎない。

熟練の魔法使いならば、外部に漏れる魔法の反応を小さくすることができるし、それをされてしまえば魔力量の差によって飛鳥には感知することができなくなる。

相手や魔法から感じ取れる魔力というのは、自身と相手との魔力量の差によって感じ取り辛《づら》くなる。そして、その魔力差が大きければ大きいほど感じ取り辛い。魔法から漏れ出《で》る魔力を小さくされてしまえば、魔力を多く持っていれば持っているほど感じ取れなくなる。特級としての魔力を持っている飛鳥には尚更《なおさら》だ。

それでも探したいのなら、三級の魔法使いのような魔力量の少ない者を使えば、発見することはできる。

ただし、その場合は戦力という点で劣《おと》るので、基本的には誰もその選択《せんたく》はしない。あくまで三級というのは弱者だ。特級と渡《わた》りあえる浩介がおかしいだけである。

なので、妥協《だきょう》として魔力の反応を感じ取るための魔法を使うのだが、これはあくまでも魔法なので、細かな違いなどがわからず、ダミーなどの目的外のものに引っかかりやすい。

前回見つけられたのは、浩介達《たち》があえてわかりやすく開けたところに陣取《じんど》っていたからにすぎなかった。

「そう。何か反応があり次第《しだい》すぐに報告を」

「はい！」

と、飛鳥とともに探索班としてついてきた魔法使いの少年が返事をした、その瞬間。

「っ！」

「天智さん！　魔力の反応がっ！」

「防御をっ！」

伝えられるまでもなくわかるくらいに強力な魔力の気配が、飛鳥達のいる場所から少し離れたところに突然《とつぜん》出現した。

魔力の探査をしていた治癒《ちゆ》師の少女は突然のその反応に驚《おどろ》き、魔法使いの少年は飛鳥に警戒《けいかい》を促《うなが》し、戦士の少女は魔力の反応を感じ取れないながらも魔法使い達の盾《たて》となるべく一歩前に出た。

だが、飛鳥はそんな三人に促されるよりも早く行動に移っていた。

そして、森を焼き払いながら正面から迫る直径二メートルほどの炎の玉と、空から落ちる雷《かみなり》が飛鳥達を襲った。

「ぐっ！」

咄嗟《とっさ》ではあったが、強力な魔力の反応を感じた瞬間に防御を用意し始めた飛鳥と、それに一瞬遅《いっしゅんおく》れる形だが治癒師の少女が張った結界によって、常人が受ければ炭となっていたであろう攻撃《こうげき》にすらも飛鳥達は耐《た》えてみせた。

「確認！」

「負傷なし！」

「敵影《てきえい》なし！」

明らかな攻撃。耐え切ると、飛鳥は即座《そくざ》に状況の確認をしていくが、被害《ひがい》はなかった。

今の攻撃は明らかに自分達の場所がわかっているものだった。相手も探知をしていたんだとしても、それならばこちらの探知に引っかからないのはおかしい。

どうしてこの場所がわかったのか、などと疑問はある。だが、そんなことを考えている余裕《よゆう》など、飛鳥にはなかった。

飛鳥は、余計なことを考えず、余裕など見せずに、ただ一点だけを見つめていた。

轟音と光と炎が場を蹂躙《じゅうりん》した後、炎の通り道となって焼けた場所から少し離れた位置から、三人の少女が姿を見せる。瑞樹達だ。

「やっぱり、倒せないわよね」

「結構本気だった」

「私も。でも、これくらいで勝てるんだったら最初から目標に設定してないわ」

「ま、どのみち倒すことには変わりないっしょ」

すでに槍《やり》を構えたままの状態の飛鳥だが、姿を見せた瑞樹達も全員が武器を構え、戦闘《せんとう》態勢となっていた。

しかし、瑞樹達はすぐに攻撃を仕掛《しか》けることはせず、何処《どこ》か緩んだようにも感じられる様子で話している。

「やっほー。まさか開始から三十分と経たずに会えるなんて、すっごい偶然じゃん」

普通なら戦場で話しかけるなんてことはしないし、そんな間柄《あいだがら》でもない。

特に佳奈《かな》が話しかけるというのは少しおかしな感じだ。瑞樹ならともかくとして、佳奈とは仲が良くないどころか、むしろ悪いと言えた。

だが、佳奈は飛鳥に向かって話しかけているし、瑞樹達はそれを止めることがない。

「……一応、細工の類は排除《はいじょ》したと思ったのですが？」

話しかけてきたことに違和感《いわかん》を覚えながらも、飛鳥は瑞樹達が突然攻撃《とつぜんこうげき》してくることはなく佳奈が話しかけてきたことで、少しだけ余裕を感じていた。

そうして多少なりとも状況を確認する余裕ができたからだろう。飛鳥は先ほど思った疑問を問いかけながら、警戒を解くことはなく周囲に視線を巡《めぐ》らせて伏兵《ふくへい》や相手の動きを確認していく。

「みたいね。でもさー、あいつ曰《いわ》く、「行動が素直《すなお》すぎる」だってさ。ゲートを通り過ぎてから壊したって、少しでも進んでればその方向くらいはわかるもんでしょ。って、まあこれもあいつの言葉だけどね」

「あいつ、ですか。……その〝あいつ〟と呼ばれている方はいないみたいですが、彼が宝を守っているのですか？」

飛鳥は周囲に視線を巡らせたが、〝あいつ〟こと、浩介はこの場にはいない。

「言うと思う？　ってか、そうですー、って言ったところで、素直に信じんの？」

「いいえ」

「まあ、そーよねー。じゃあ言う必要ないじゃん」

それもそうだ、と思ったが、自身の言葉に反して、飛鳥の中で浩介が宝を守っているというのはほぼ確定していた。

今までの試合の中では柚子《ゆず》が守っていたが、今回は違《ちが》うだろうと、なぜだかそんな確信がある。それほどまでに飛鳥は浩介のことを評価していた。

一旦《いったん》話が途《と》切《ぎ》れるとお互いに見つめあったが、飛鳥は手の中の槍をグッと握《にぎ》って仲間へと合図を送った。

「天智さん。今回は、勝たせてもらうわね」

が、そこで瑞樹が剣《けん》を持っているものの無防備と言っていい様子で一歩前に出てきて飛鳥に向かって剣を構えると、はっきりと、力強くそう宣言した。

飛鳥としては攻《せ》めようとしたところで出鼻を挫《くじ》かれた感じだが、それでもこの言葉に応えないわけにはいかない。

「残念ながら、勝たせていただくのは私達《たち》ですわ」

だから堂々と宣言を返し、改めて武器を握り直したところで、合図も何もなく飛鳥と瑞樹は同時に走り出した。

その速度は尋常《じんじょう》ではなく、常人にはもちろんのこと、覚醒《かくせい》していても並の者では目で追えないほどだ。

向かい合っていた位置から一瞬《いっしゅん》姿を消したと思ったら、また一瞬後には飛鳥は瑞樹の前に現れた。

周りにいる晴華《はるか》のような魔法使い達の目に映ったのは、飛鳥が槍を突《つ》き出し、瑞樹がそれを弾いた後の姿だけ。

だがそんな姿が見えたのも一瞬だけのこと。初撃を弾かれた飛鳥はすぐに次の行動に移り、瑞樹へと槍を振るう。

瑞樹は再び槍を弾き、だが飛鳥もそれは最初から想定していたようで、流れるように槍を振るう。

槍の動きはやはり常人には視認《しにん》することが難しいほどに速いが、当人達にとってはまだ序の口と言ったところ。

飛鳥が槍を突き出せば、瑞樹は槍の腹を叩《たた》いて逸らしながらも、自身もわずかに体を動かすことで槍を避《さ》ける。

瑞樹が槍を払うために動かした剣は、そのまま止まることなく流れるように飛鳥へと迫《せま》っていく。

しかし飛鳥は逸らされた槍をバトンを回すかのように回転させることで石突《いしづき》で瑞樹の剣を弾き、その回転を利用して今度は槍の先端《せんたん》を使って下から切り上げた。

瑞樹はそれを足で蹴《け》って軌道《きどう》を逸らし、そのまま一歩踏み込《こ》んで左の拳を突き出す。

突然の剣以外の攻撃にぴくりと眉《まゆ》を動かしながらも、飛鳥は瑞樹が踏み込んだ分一歩後ろに下がることで拳の間合いを外した。

だが、避けられたと理解するや否《いな》や瑞樹はもう一歩踏み込みながら先ほど弾かれた剣を切り返した。今度は飛鳥が一歩下がったところで瑞樹の攻撃の間合いから外れることはできず、かといって二歩以上下がるだけの時間はない。

そう判断した飛鳥は、体を捻って剣を避けつつ槍で防ぐ。

剣と槍が真っ向から衝突した瞬間《しゅんかん》、金属をぶつけた硬質《こうしつ》な音が響き、二人の鍔《つば》迫り合いが始まった。

だがその時間も一瞬のことで、この接近された状態を良しとしなかった飛鳥は、多少強《ごう》引《いん》だと理解しながらも力強く槍を払うことで瑞樹を押し退《の》けることにしたようだ。

瑞樹は突然力の強くなった槍に押されて一歩だけではあったが後退し、僅《わず》かに体勢を崩《くず》してしまう。

その隙《すき》を狙《ねら》って飛鳥が槍を突き出した。だが隙ができたと言ってもそう致命的《ちめいてき》になるようなものではない。瑞樹は上体を後ろに逸らして避けると、そのままバク転をしながらつま先で飛鳥の顎《あご》を狙って蹴り上げる。——が、失敗。瑞樹の攻撃は、かすることすらなく避けられてしまう。

だが、元からそんな攻撃を相手がまともに食《く》らうとは考えていなかったのだろう。着地した後はすぐに斬《き》りかかろうと思っていたのか、瑞樹は足を着くや否やすぐに前に足を踏み出したのだが、一歩踏み出したその時には飛鳥はすでに後方に下がっていた。

そこで一旦仕切り直し。二人はもう一度最初の時と同じように距離《きょり》をとって見つめ合うこととなった。

正統派な動きをする飛鳥と、邪道《じゃどう》な動きを交えて戦う瑞樹。

『勇者』と『そうでない者』の戦いだと考えると、お互いの戦い方は逆なのではないかと思えてくる。瑞樹は違うようだが、飛鳥もそう思っているのだろう。飛鳥は少し離れた場所で顔をしかめている。

だがすぐに表情を切り替《か》えると、またも飛鳥から瑞樹へと接近していった。

そして今度も突きから始まった。

当然と言うべきか、それも弾かれて先ほどのように近づいての斬り合い打ち合いになる。

間合いとしては槍のほうが長く、瑞樹が飛鳥を攻撃するには剣の届く範囲《はんい》に移動しなければならない。なので飛鳥は瑞樹に近づかれまいと巧《たく》みに自身の位置を動かしながら槍を振《ふ》るっていく。

だが、それでも徐々《じょじょ》に瑞樹が近づいていき、怪我《けが》を覚悟で一歩、瑞樹が気合いの踏み込みを行った。槍の間合いではなく、剣の間合いでもない。そんな微妙《びみょう》な距離。ここからはどれだけ自分の間合いを確保できるか、そんな勝負になる……はずだった。

瑞樹が間合いへと気合いの一歩を踏み込んだ直後、飛鳥は瑞樹と競《きそ》うことなく瑞樹のことを遠ざけるように槍を大きく薙《な》ぎ、それと同時にトンッと後ろに跳《と》んだ。

しかし、そのままもう一度離《はな》れるかに見えたところで、だが飛鳥は今度は退がることなく槍を突き出した。どうやら逃《に》げのために距離をとったのではなく、突きを放つのに最適な距離を確保したかったようだ。

そんな不意打ち気味で放たれた常人には技の出だしすら見えないその槍も、宮野は見えたらしく、しっかりと避けている。むしろ、初めから飛鳥が逃げただけだとは思っていなかったのだろう。避けただけではなく反撃《はんげき》に剣を振るう。

「っ！」

このタイミング、この速度での攻撃に反撃を合わせせられるとは思っていなかったのだろう。実際、今まで飛鳥と戦ってきたものの中には、そんなことができるものは人であろうとモンスターであろうと存在しなかった。特級である『白騎士《きし》』でさえも防ぐので精一杯《せいいっぱい》だったのだ。だが、瑞樹は違った。しっかりと飛鳥の攻撃を見切り、避けた上で攻撃を合わせてきた。そんな事態に驚かないはずがない。

飛鳥は思わず脚《あし》に力を込め、瑞樹を攻撃することよりも逃げることを優先し、進路を変えて跳んだ。

直前での変更《へんこう》だったために、飛鳥は瑞樹のすぐ横をすれ違うように抜《ぬ》けていった。

そうしてまたも距離が開き、三度、二人は向かい合い武器を構える。

今度の接近は瑞樹からだった。接近した瑞樹は飛鳥に倣《なら》ってか、持っていた剣で突きを放った。

槍を使い突きを主体とする自分に対して突きを放ってくるとはどういうことか。飛鳥は瑞樹の攻撃の意図を測《はか》りかねながらも、迎撃のために槍を持つ手に力を込め、無意識的にそれまでよりも少しだけ深く腰《こし》を落としていた。

警戒し、迎撃のために槍を構えている飛鳥へと近寄っていく瑞樹。当然ながらこのまま接近すればいい的になってしまうだろうことは想像に難《かた》くない。

だがそれでも瑞樹は真っ直ぐ飛鳥へと駆《か》け、瑞樹の間合いに入るまであと二歩となったところで飛鳥は槍を振るうべくグッと手に力を込めた。

後は槍を振るうだけ。だが、そんな飛鳥の予想は裏切られることとなった。

まだ瑞樹の剣の間合いではなかった。だがそれでも、瑞樹は力いっぱい踏み込み、剣を振るう。

当然、まだ間合いの外なのだから剣を振ったところで当たるはずがない。だが、今ばかりは少し状況が違う。確かに〝今〟は間合いの中には何もない。だが後少し、ほんの数瞬《すうしゅん》後には瑞樹の間合いの中に入ってくるものがある。そして〝それ〟は、丁度瑞樹の振るう剣の軌道上に来る。

瑞樹の剣が狙っていた〝それ〟とは、言うまでもなく飛鳥の槍だった。

剣を持つ相手が突きを行えば、より間合いの長い槍で突き返してくることなど簡単に予想できた。そうでなくともプライドの高い飛鳥のことだ。瑞樹が槍の本領である突きを使えば、たとえ無意識的だったとしても対抗《たいこう》するために同じく突きを使ってくるだろうとも予想できたことだ。

だからこそ、瑞樹は突きを放つことで飛鳥の突きを誘発《ゆうはつ》し、飛鳥自身ではなくその突き出された槍を狙うことにした。

そんな瑞樹の狙いを飛鳥も理解したのだろう。驚き、悔《くや》しげに表情を歪《ゆが》めながらも必死になって槍を振るう腕《うで》に力を込める。

だが、遅すぎた。もうすでに突きを放ってしまっている状況では、どう足掻いたって体が流れてしまう。

その結果、当然といえば当然のことだが、瑞樹の剣は自身に迫《せま》る飛鳥の槍を弾いた。

瑞樹に……『勇者』に武器を弾かれながらも、その武器を手放さないことは褒《ほ》められて然《しか》るべきだろう。だが、それだけだった。自身の武器である槍を剣で切り払われた飛鳥は、槍を手放すことこそなかったが大きく体勢を崩してしまった。

そうしてできた隙を見逃《みのが》すはずはなく、瑞樹は隙だらけとなった飛鳥の胴《どう》に向かって剣を振り下ろした。

「くっ……！　ま、だあああっ！」

自身へと迫る剣を目前に、飛鳥は普段の澄《す》ました声や表情を捨てて叫びながらその場を飛び退いた。

体勢の崩れた状態で、しかも目の前の脅威《きょうい》から逃げるためにがむしゃらに跳んだせいで、ほとんど体を投げ出すような状態になってしまった飛鳥。だが、そうして必死に避けたからか、瑞樹の剣は直撃《ちょくげき》することはなく、飛鳥の肩《かた》に小さく衝撃《しょうげき》を与《あた》えただけで終わってしまった。

しかし、このまま地面に転がっていれば再び追い込まれることになるだろうことは飛鳥にもわかっていた。投げ出した体を動かして、飛鳥は地面を転がってみっともなく避けるとすぐに跳《は》ね上がって距離を取った。

それによって再び瑞樹と飛鳥の間に距離ができたが、睨《にら》み合う両者の表情は違っていた。

「随分《ずいぶん》と、みっともない戦いね……」

「みっともない？　本当にそうかしら？　生き残るためなら、勝ちたいと願うのなら、これくらいはやるべきじゃないかしら？」

溢れたように呟《つぶや》かれた飛鳥の言葉に瑞樹が答えたが、果たして飛鳥の言葉は誰《だれ》を指したものだったのか。既存《きそん》の型を無視して邪道とも呼べるような剣を振るう瑞樹なのか。それとも、そんな剣を地面を転がることでしか凌《しの》ぐことができなかった自分に対してか。分かるのは呟きを口にした飛鳥だけだろう。

そんなどこかすれ違っている言葉を交《か》わす二人は、そのまま向かい合い、睨み合い続ける。

お互いに魔《ま》法《ほう》を使うことができるが、まだどちらも魔法を使っていない。

それは先に魔法を使えば負けになるとでも考えているのか、はたまた別の狙いがあるからなのか。

なんにせよ、飛鳥と瑞樹は剣と槍のみでの勝負を繰《く》り広げていたのだが、その勝負はまずは瑞樹の勝ちで始まった。

「とはいえ、流石《さすが》に一筋縄ではいかない、か。――撤退《てったい》！」

刃《やいば》を交え始めてから十分程度だろうか。瑞樹個人的には、できることならばここで一度くらいはまともに攻撃を入れておきたかったと思っていたが、まだ無理するような場面でもない。

我を通してリスクを取る必要もないので、まずは奇襲《きしゅう》を仕掛けることができただけでも十分。そろそろ潮時だろうと撤退を選んだ。

撤退を叫んだ瑞樹は視線を佳奈と晴華へと移したが、そちらも二対三という最初から不利な状況であったために押《お》され気味だった。

押し切られていないのは、普段から対多数戦を訓練で行っているのと、相手の三人のうち一人が治癒師という攻撃にはあまり参加しない役割だから。

もっとも、押されているのは佳奈達《たち》が本気でやってはいるものの、全力ではやっていないからというのも理由だろうが。

晴華が全力でやっているのならこの辺りはすでに焼け野原になっているし、佳奈が全力でやっているのなら地面が割れているはずだ。まだ始まったばかりということで力を温存しているのだろう。

だが、そんな押され気味な状況ではあったが、佳奈達はしっかりと了承《りょうしょう》の言葉を返した。

「逃げるのですか？」

「ええ、今のは様子見。まだ試合は始まったばかりだもの。急ぐ必要もないでしょう？」

「確かに始まったばかりですわね。ですが、ここで決着をつけても良いと思いませんこと？」

相手の優位で始まった出会いだが、せっかく会えたのだから逃《のが》すつもりはない。と、飛鳥は意地を張るのをやめて武器だけでの戦いを終わらせ、魔法を使うことにした。

「思わない、かなっ！」

瑞樹は飛鳥から放たれた風の塊《かたまり》という不可視の魔法を避け、弾き、傷を負うことなく対処していく。

確かに見えない攻撃は厄介《やっかい》だ。だが、来るとわかっていれば対処することはできる。何せ、モンスターの中には同じような攻撃を仕掛けてくるものもいるのだ。その対処方法を、彼女達《かのじょたち》の教導官が教えないはずがない。

だが飛鳥は、見ることのできない攻撃を全くの無傷で全てに対処されるとは思っていなかったのか、その動きを一瞬止めた。

飛鳥が魔法を放ってきたことで瑞樹は薄く笑うと、できた一瞬の隙に魔法で閃光《せんこう》を発生させて目眩《めくらま》しをし、持っていた煙玉《えんだま》を発動させて飛鳥達の視界を遮《さえぎ》った。

そして瑞樹達三人はその場から逃げ出したのだが、そんな瑞樹達を逃すまいと魔法使いの少年によって闇雲《やみくも》に放たれた魔法が瑞樹達《たち》を襲《おそ》う。

「あっ！」

「佳奈っ⁉　退くわよ！」

煙《けむり》の向こうから短い悲鳴と、心配する声が聞こえてくる。どうやら放たれた魔法は佳奈に命中したようだ。

とはいえ、しっかりと狙ったわけではなく、構築自体も急いで手抜《てぬ》きで作られた魔法だったため、致命傷《ちめいしょう》には程遠《ほどとお》い威力《いりょく》しかないはずだ。

だが、煙の向こうからは瑞樹達が足を止めた気配が感じられた。

「待って！　ヒントがっ！」

煙の向こうから聞こえてきた佳奈の声から、たまたま今の攻撃がヒントを留《と》めていたホルダーか何かに命中し、落ちてしまったのだろうと飛鳥は推測した。

追撃《ついげき》するかどうか……とりあえずはこの煙を散らそうと、飛鳥は魔法で風を吹《ふ》かせた。

「――――っ！　ダメ！　撤退よ！」

その瞬間、飛鳥の魔法を感じ取った瑞樹は再び撤退を叫《さけ》び、瑞樹達は落としたヒントの紙はそのままに走り去っていった。

だが、その際にすぐに追われないようにするためか、近くにあった樹を殴《なぐ》ってへし折り、

障害物として自分達の後ろに転がしていた。

「追いますか?」

魔法によって吹いた風のおかげで煙は晴れたが、倒《たお》れた樹によって視線を遮られたことでもう瑞樹達の姿は見えない。だが、距離的《きよりてき》にはまだ離《はな》されていないだろうと考え、飛鳥のチームメイトである戦士の少女は追うかどうかを尋《たず》ねたが、飛鳥は少し悩んだ後に首を振った。

「……いえ。彼女達にしては、素直すぎる気がします」

そう考えることができたのは、それだけ飛鳥が瑞樹達との戦いに備えてきたからに他ならない。前回戦いに負けてから、正道だけが戦いではないと学んだ飛鳥としては、〝あの教導官〟から教えを受けている瑞樹達なら、そんなにわかりやすい行動をするのか、と考えずにはいられなかった。

確かに、言われてみれば引き際が鮮《あざ》やかすぎたようにも思えなくもない。まるで最初から引くことを前提としていたみたいな撤退だったと言われれば、そう見ることもできる。

「まずはこちらを」

佳奈が落としたヒントの紙を回収した飛鳥は、一度軽く瑞樹達の逃げていった方へと視線を向けたが、すぐに手元のヒントへと視線を落とした。

「逃げた方向としては合っていますね」

そこに書かれている文字を見て、もう一度瑞樹達《たち》の逃げていった方向へと視線を向けるが、確かに瑞樹達の行動もヒントも矛盾《むじゅん》はない。

……だが、それでもなんだか違和感がある。果たして、こんなに簡単なのだろうか？　こんなにもスムーズにいってもいいものなんだろうか？

このヒントの紙は佳奈を倒して手に入れたわけではなく、言うなれば事故で手に入れたようなものだ。

なので、おかしくないと言えばおかしくはないのだが、飛鳥の中では今一つ納得《なっとく》しきれないでいた。ありていに言えば、わざとヒントの紙を落としたのではないか、と。

「……これは本物なの？」

「え？」

偽物《にせもの》の紙を作ってばら撒《ま》くというのは戦術として認められている。なので、この紙もそれの一つではないか。

飛鳥はそう判断して、本物かどうか確かめるための魔法を使うが、魔法は目の前に本物があると示していた。

「……どうやら、本物のようですわね」

その反応を確認《かくにん》した飛鳥はなんとなく納得しきれないものの、魔法が嘘《うそ》をつくわけでもないので、考えすぎなのではないかと、納得することにした。

「なら、宮野さん達は拠点へと逃げた、ということですのね。……いえ、あえて逃げて、罠《わな》に嵌《は》めようとした？」

ヒントを落としたのはわざとかもしれないし事故かも知れない。

だが、どっちにしても瑞樹達は追って来た自分達を罠にかけるつもりなのではないか、とそう考えた。それならば飛鳥が抱いた違和感にも説明がつく。

故に、飛鳥は自身の考えに納得し、このまま瑞樹達の逃げていった方向へと進むことを決めた。決めてしまった。

「みなさん、ここからは慎重《しんちょう》にいきますわよ」

そうして飛鳥達は進み出す。それが『あいつ』の罠であるとも知らずに。


——伊上《いがみ》　浩介——

試合が開始する少し前。ゲートを潜《くぐ》ってダンジョンの中に入っていた俺達《おれたち》は、所定の位置へと移動して準備を進めているところだった。

「森か……。普段からダンジョンに潜っちゃいるが、こうして改めて入ってみると少し懐《なつ》かしい感じだ。一年越《ご》しの戦いってのは、なんか運命的なアレを感じなくもないかもな」

「どっちよそれ」

「んー、微妙なところだな。どっちでもあってどっちでもない、みたいな」

試合の開始前だというのに特に意味のないことを話しながら、俺《おれ》は周りに罠を仕掛けたり細工をしたりと準備を進めていく。

「まあ戯言《たわごと》はやめておくか。これから試合が始まるわけだし、注意しろよ」

もうすぐ試合が始まるので、俺は手を止めないまま近くにいた宮野達へと話しかけた。

「今回は今までとは違って舐《な》めていい相手じゃない。相手もこれまでのこっちの戦いを見てきただろうし、今までとは作戦を変更する」

今までは結界を張ることのできる北原《きたはら》が宝を持って他のメンバーは臨機応変って感じの作戦でいたが、今回は違う。

「作戦としては、この場所に宝を埋《う》めたが、それを守るために全員で固まるんじゃなくて、二手に分れるぞ」

「今更《いまさら》だけどさ、へーきなの？　もし宝の方を狙われたらやばいじゃん」

「だから狙われないように小細工をするんだろ」

今回の宝の持ち主は北原ではない。

だが敵はそれをわからないだろうから、二手に分かれて敵の手を分散させる。

こっちも戦力が分かれることになるが、最初からそうなると分かっていればやりようはある。そのために今こうして周りに細工を仕掛けてるわけだしな。

「さっき渡した紙。あれはちゃんと持っとけよ。それには宝のヒントが書かれてんだから」

この試合というかゲームのルールとして、各参加者は、自陣《じじん》の宝のありかのヒントが書かれた紙を持っていなきゃならないし、負けたらそれを相手に渡さないといけない。

気絶しているならともかくとして、渡さなかったら負けになるので、敵を倒せば必ずヒントの紙を手に入れることができる。

「で、頃合《ころあ》いを見たら誰か一人がそれを奪《うば》わせてやれ。ただし、あくまでもわざとらしくならないようにな」

が、何も敵を倒さないとヒントを手に入れられないわけじゃない。

一辺が四十センチというそれなりに大きな紙に書かれているので、下手に隠《かく》し持つことはできず、うまくやれば戦闘中に奪うこともできる。

ので、あえて奪わせることにした。

それでは敵にヒントをやるだけになるのだが、それは何も細工がされていない状況《じょうきょう》であれば、の話だ。

相手に渡すヒントの紙。これは『書き換《か》えてはいけない』というルールがあるのだが、『細工をしてはいけない』というルールがあるわけではない。

そして、細工をしていいのなら、書き換えずとも間違《まちが》わせることはできる。

紙の上から薄い紙を貼《は》り付けてしまえば、それで終わりだ。

これならあくまでも文字を書き換えてはいないのだからルールに違反《いはん》していないし、その上で相手を間違った場所へと誘導《ゆうどう》することができる。まあ、黒ではないが限りなくそれに近いグレーって感じだけどな。それでも、初回である今回だけは許される。次以降は禁止になったとしても、今回のお嬢様《じょうさま》との戦いさえどうにかなれば後のことなんてどうでも良いのだから気にする必要はない。

「ただし注意事項《じこう》だ。さっきゲートに入る前にお嬢様にまた発信機をつけておいたんだが、さっき壊《こわ》された。向こうは油断なんてかけらもないみたいだから、気をつけろ」

一応少しは進行方向がわかったのでおおよその方向に行ったのかってのはわかるが、今どの辺にいるのかはわからない。それでも何にもヒントがないよりはマシだけどな。

「最後の確認をするわ。私達はこれから相手チームの探索に出る。その後は敵を発見次第《しだい》襲撃《しゅうげき》をかけ、撤退する際にヒントを奪わせる。ヒントを渡したら大きく迂回《うかい》しながら柚子の待機している場所に移動」

迂回するのは、まっすぐ帰って来たんじゃ居場所がバレるからだ。それではせっかくの偽《にせ》のヒントが意味をなさない。

発信機でおおよその方向がわかっているこちらと、何の情報もなく闇雲に探すしかないあちらでは、どうせ俺達の方が早く見つけるだろう。

だからこっちが最初に襲撃《しゅうげき》することになるだろうが、襲撃する時も俺達のいる場所とは違って、偽のヒントに書かれている場所の方向から攻めることになっている。

「相手は奪ったヒントを元に待機場所やここから外れた場所を調べるから、こっちはその間に拠点《きょてん》を構えて待機」

偽のヒントを渡して宮野達を見失えば、そのヒントを元に俺達を探すだろう。

だがそれは見当外れの場所なので、俺達はその間に準備を整えることができる。

向こうも試合が始まる前の準備時間で軽い陣《じん》を作っただろうが、こっちはそれに加えてさらに時間がある。

時間を稼《かせ》げば稼ぐほどこっちの守りは強化され、有利になる。

それに加えて、この後の宮野達による最初の接敵の時に追加で発信機をつけることができたら、敵の拠点の正確な位置もわかるかもしれない。

まあこっちはできたらいいな、くらいの感じだが。

「拠点を作って余裕があったら敵の本陣《ほんじん》の探索《たんさく》、及《およ》び襲撃」

とはいえ、正直なことを言うのなら、拠点で待機しているのは作戦としてはマイナスだ。何せ相手の方が人数は上なので、こっちは最低でも一人は倒さないと人数差で負けになる。だと言うのになんで時間稼ぎをするのかって言ったら、当然ながら勝つためだ。

さっき作戦としてはマイナスだと考えたが、それは通常の場合。今回ばかりは別だ。あのお嬢様の性格からして、待っているだけで勝つとは言っても確実に攻めてくるだろう。攻めた上で宮野を倒さないと、お嬢様の中では勝ったことにならないだろうし、ともすればこっちを全滅《ぜんめつ》させて完全勝利を狙っているかもしれない。

だが、時間が無駄《むだ》に過ぎていけば、心のどこかで焦《あせ》りが出てくる。

その点で言えば、早く倒さなければ、と考えるのはこっちも同じなのだが、こっちは最初から持ち時間半分でやる気持ちでいるので、心構えと準備が違う。

最初から心構えができていて、勝負どころが分かっていれば、無駄な消耗《しょうもう》を抑《おさ》えて必要な時に全力を出すことができる。

「ただしこの際に注意点があるわ。偽装《ぎそう》したヒントには全部同じことが書かれているから、二つ以上相手に渡してはいけないこと。それから、ヒントを渡したとしても、必ず引っかかるわけじゃないから、その点は意識に留めておくこと。……質問はあるかしら？」

ここまで時間稼ぎのための工作をしたが、偽のヒントはすぐに気づかれるかもしれない。その場合は宮野達を無視して俺達の方に来るかもしれないが、それならそれで構わない。攻撃を受けても数分程度なら凌ぎ切る自信はあるし、耐えている間に別方向に進んだ宮野達を呼んで挟《はさ》み撃《う》ちにすればいい。

「それじゃあ——ああ、ちょうど始まったわね」

宮野が確認を終えると同時に、試合の開始を告げるためのサイレンがウーウーと喧《やかま》しいくらいに鳴った。

「みんな、準備はいい？　今度こそ勝つわよ！」

「「「おおー！」」」

◆◇◆◇

お嬢様のチームに奇襲を仕掛けて罠にかけた浅田達。

『——そんなわけで、結構うまくやってきたと思うのよねー』

見事に攻撃を仕掛けて逃げおおせた宮野達だが、現在はそんな三人と通信が繋《つな》がっている。

　説明を受けた限りでは、どうやら宮野達はうまくやったようだ。

　まあ話しているのが浅田なので、どこまで信じていいかわからんけど。

「ほーん？　……宮野と安倍《あべ》から見てどうだった？」

『ちょっと、信用できないわけ？』

「客観的な意見は必要だろ？　で、どうだった？」

　なので一緒《いっしょ》にいた宮野や安倍に聞いてみたのだが、浅田はそれが気に食わなかったようで、通信機越しだってのに不機嫌《ふきげん》そうなのがすぐにわかった。

　いやまあ、信じてないわけじゃないんだぞ？　ただなぁ、こいつ割と抜けたところがあるから、自分で気づかないミスをしてる可能性ってどうしても拭《ぬぐ》い切れないんだよ。

『それなり？』

『佳奈にしては素直すぎたかも、って思わなくもないですけど、最低限はできたんじゃないでしょうか？　発信機をつけ直すこともできましたし、問題はないと思います』

「そうか。なら後はそっちは北原んところで拠点設営だな」

『はい。分かってます』

　そうして通信は終わり、宮野達は北原のところへと戻《もど》って防衛拠点の設営となる。こっちが本命なんだからこっちに集めればいいじゃないかと思うかもしれないし、実際にそんなことをあいつらにも言われたが、こっちは俺一人で十分だ。基本的には道具を設置するだけで終わるからな。

だが向こうはそれほど道具がないので、地面や樹に直接罠を仕掛けなくちゃならないために手間も時間もかかる。だから宮野達は北原の方へと送らせた。

それに、見られないとは思うが万が一にでもこっちを見られたら、その時に宮野達がここにいたらこっちが本命です、って言ってるようなもんだからな。

……にしても、襲撃での被害《ひがい》はお互《たが》いに無しか。できることならば最初の一撃《いちげき》で一人だけでも削《けず》れたらなー、とかお嬢様《じょうさま》に怪我の一つでも負わせられれば、とか思ってたんだが……。まあ、ヒントを渡《わた》して誘導できただけでも十分か。

それに、宮野と安倍の攻撃《こうげき》を防いだってんなら、多少なりとも魔力《まりょく》を削ることはできただろうし、よしとしておこう。

それから一時間程度経《た》って合計二時間。残りの試合時間は一時間となった。

いまだお嬢様達《たち》がこっちに来る気配はない。見事にひっかかってくれたようで何よりだ。

『伊上さん。そろそろいい時間ですし、様子見と襲撃に行きたいと思います』

「わかった。こっちも準備の大半が終わってるし、構わない。場所はわかってるんだろ？」

『はい。改めて発信機をつけられたとは考えなかったようで、少し前に拠点らしき場所へ戻っていましたから』

「わかってるならいい。だが、今回の襲撃はお前一人だけなんだから、気をつけろよ」

時間的にそろそろお嬢様達が俺達の拠点を襲ってきてもおかしくない頃合いだし、一旦《いったん》拠点《きょてん》に戻ったってんなら、ヒントの細工に気付いた可能性もある。

渡したのは浅田が持っていた紙で、書かれているのは大雑把《おおざっぱ》な方角の書かれたものなので、細工がバレて本物のヒントを読まれたとしても、俺と北原のどっちが宝を持っているのかはわからないはずだ。

『はい』

宮野はしっかりと返事をすると、通信を切った。

そうして宮野が出てから十分ほど経っただろうか。通信機から声が聞こえてきた。

『伊上さん。敵陣《てきじん》に来ましたが、天智さんと教導官の方がいません』

「向こうも攻めに入ったってことか」

向こうの拠点にお嬢様と工藤の二人がいないってことは、敵の陣に残ってるのは一級の四人か。

それだけでも普通《ふつう》の四人編成のチームをまるまる一つ相手にするようなもんだが……ま

あ、宮野なら大丈夫《だいじょうぶ》だろう。

問題があるとしたらこっちだ。特級二人を攻めに使うってことは、割と全力で潰《つぶ》しにくる感じか？　だとしたら、浅田達の方にも注意を促《うなが》しておいた方がいいか。ついでに設置した魔法の一部を発動しておこう。襲撃の備えにもなるし、近くにいるんだったら気を引くこともできるだろう。

俺の場所に気づけるくらいの距離にいるんだったら北原の方にも気づくだろうし、二人しか来てないなら、二手に分かれる可能性だってある。

もしかしたら二つに気づいた上で片方を無視して、どっちかに攻めるってこともあるかもしれないが、もし北原の方に二人とも行ったら、こっちに逃げるように言っておこう。

流石に拠点を敷《し》いたって言っても、特級二人はきついと思う。

「おう、そっちに敵は行ってねえか？」

『へーき。まだ来てないよ』

警戒《けいかい》を促すために浅田達《たち》へと連絡《れんらく》をしたのだが、浅田からの返事を聞いた瞬間に周囲に仕《し》掛《か》けていた鳴子代わりの罠が作動した反応があった。

接触《せっしょく》すれば俺の方に反応が来るようになってたんだが、それがだんだんと近づいてきているのがわかる。

「っと、言った側からか。噂《うわさ》をすればってか」

この速さならそれほど全力ってわけでもないだろうが、走ってるみたいだし後数分どころか数十秒でここに着くだろう。

「浅田。宝の守りはお前らに任せたぞ。北原はしっかりと守っておけよ」

『ん？　あ、うん。オッケー。そっちもやられないでよね』

そんな会話を最後に俺は通信を切って武器を構えた。

さて、問題は一人だけなのか、それとも二人来たのか、だな。一人だけ、それも工藤が来てくれたんならいいんだが……。

なんて考えていると、森の中から槍《やり》を構えた女子が現れた。

あー、お嬢様の方か。ハズレだな。

本人に言えば失礼すぎる言葉だが、それでも思ってしまうのは仕方がない。

「あー……よう、お嬢様。何か用か？」

俺は現れたお嬢様にそんなとぼけた感じで声をかけたが、その際に周囲を確認しても伏《ふく》兵《へい》はいない。

やっぱり二手に分かれて、工藤は北原達の方へと行ったようだ。

だがそうなると、この場所から動くことができない俺にはそっちはもうどうしようもない。防衛はそれなりに整えたんだから、なんとかなるだろう。

もしかしたら向こうの三人が全滅する可能性だってあるが……あとは信じて任せるしかない。俺はお嬢様の相手をするだけだ。

「──あのヒントには騙《だま》されましたわ。よくもあのようなものを思いつくものですね」

俺の言葉には返すことなく、お嬢様は不機嫌そうな様子で話しかけてきた。

「まあ、あの程度はな。……因《ちな》みになんだが、気づいたのは誰だ？」

「……俊です」

「なるほど。まあそうか」

このお嬢様の様子からして、気づいたのは違《ちが》うやつだろうなー、とは思っていたが、本当にその通りだったようだ。自分が気づけなかったからこそ、こんな不機嫌そうなんだろうな、きっと。

お嬢様はそれ以上俺に何かを言わせないためか、一つ咳払《せきばら》いをすると軽く息を吐《は》き出してから話し始めた。

「それにしても、宝は北原さんですか。てっきりあなたが守っているものかと思っていたのですけれど……」

「なんだ聞いてたのか？　盗《ぬす》み聞きは行儀《ぎょうぎ》が悪いぞ」

「聞こうとしたわけではなく、聞こえてしまっただけです。私は耳が良いので」

「流石は特級ってところか」

俺としても聞こえてるだろうな、というよりも、むしろ聞いてくれ、と思いながら話してたけど。

だって聞こえててくれれば、本当の宝はあっちにあると誤認《ごにん》してくれる可能性が高まるから。ちょっとした小細工だが、それで可能性が上がるならするさ。

って、なんだかこんな感じの会話を前にもしたような……ああ。あの時は宮野だったか？

「まあ答えるんだったら、これはあいつらの試合だからだな。それに去年の時とは違って、あいつらも成長した。宝を任せてもしっかりと守れるだろ」

嘘だが。

いや、一応嘘はついていないな。確かにあいつらは去年の時よりも成長したし、宝の守りを任せても守れるだろうとは思ってる。実際には任せてないってだけで。

単なる言葉遊びでしかないし、騙したことには変わりないが、それでも嘘をつかなければ後でいちゃもんをつけられても逃げられる。

まあ感情部分は別なので、いちゃもんをつけられなくてもなんだかんだと悪意を抱《いだ》かれるかもしれないが、このお嬢様ならそんなことはしないだろう。そもそも負けたからと言って後から文句を言うようなこともないと思うけど。

「だがまあ、なんだな。お嬢様が相手か。てっきりまた工藤が来るんだと思ってたんだがな」

「ええ。純粋《じゅんすい》な技量では俊の方が上なのでしょう。ですが単純な能力で言えば、私の方が上ですもの。これが最も勝つ確率が高い方法です」

「ま、前回負けてっしな」

実際、今回も対策されていてもいいように、こっちもそれなりの用意はした。

だから工藤が来ていれば、苦戦はするかもしれないが、負けることなく終わらせられただろうと思う。

「その方法は聞いています。俊にかけられている呪《のろ》いに干渉《かんしょう》したのでしょう？　対策はしたようですが、それで防げる確証はありません。ならば、もう一度同じ結果になる可能性だってあり得ることです」

「だな。その点で言えばあいつをよこさないって選択《せんたく》は良いと思うぞ」

お嬢様達の選択は基本的には間違っていない。

魔法が使えない工藤じゃあ、俺の打つ手に完璧《かんぺき》に対応することはできないだろうし、何よりも呪いのことがあるのだから、こっちによこさなかったというのは選択として正しい。

だが……

「ただ一点、問題があるな。お嬢様も認めていたが、お嬢様の技量はあいつに劣《おと》ってるってことだな」

覚醒《かくせい》者としての才能という点では、工藤よりもお嬢様の方が上だろう。だが、経験や技量という点では、未《いま》だ工藤の方が上だ。

一年前とはいえ工藤に勝った俺に、工藤以下の技量しかないお嬢様では絶対に勝てるとは言い切れない。それに今回俺はしっかりと準備を整えて、地面や周辺の木々に罠や魔法を仕掛けている。いくらお嬢様が勇者並みに魔法を使えるとしても、俺は負ける気はない。

しかし、お嬢様はまたも俺の言葉に答えることなく、別の事へと言葉を返してきた。

「……そのお嬢様という呼び方。私が勝ったら変えていただきますわよ」

「なんだ、気に入らないのか」

「当然でしょう。それは、私という個人を見ていません」

俺としてはそこまで考えていたわけじゃないんだが……まあ、そう言われればそうかもしれないな。

確かに俺はこの学校のあれこれにおいて、宮野達以外は割とどうでもいいと思っていた。お嬢様——天智飛鳥という個人のことも見ていなかったのだろう。

「それと、技量で劣っているということですが……」

お嬢様はそこで一旦《いったん》言葉を止めると深呼吸をし、覚悟《かくご》の灯《とも》った瞳《ひとみ》で俺をまっすぐに見据《みす》えてきた。

「そうだったとしても、今ここであなたを倒せるのなら、なんの問題でもありませんわ」

「できるか？」

「私は、できないことを口にするつもりはありませんので」

「そうか」

……こりゃあ、結構きついかもしれないな。

そう思わせるだけの力が今のお嬢様からは感じられた。どうすっかなぁ……。

戦うのはどうしようもないし、戦っても勝てるとは思うんだが、できる事ならば少しでも楽に勝ちたい。

……一旦話をして勢いを削《そ》いでみるか。

「さて、ここで一旦状況《じようきよう》の整理と行こうか。俺達は二手に分かれていて、俺と北原、どっちが宝を持っているかわからない状況だ。で、そっちはそれに対処するべく最高戦力の二人をそれぞれに送った。だが、こっちも最高戦力である宮野をそっちの陣地《じんち》に送った。つまりお互いに相手を攻《せ》めているし、相手から攻められているって状況なわけだ」

「そうですね。ですので、すぐに終わらせますわ。そして、あなたが宝を持っていないのでしたら、北原さんを倒しに参ります」

「自分達の宝はいいのか？　見ての通り、ここは俺の陣地。罠の中に飛び込《こ》むようなもんだぞ。俺を倒すってのは、結構面倒《めんどう》で時間がかかると思うんだがな」

「ええ、かもしれませんわね。ですが、何があっても守り通すと、そう言われたのです。ならば、それを信じて行動するのが仲間というものではないのですか？　私は、宮野さん達からそのように学んだのですが」

「……お前も変わったもんだな。だがまあ、その通りだな。仲間ってもんは信じてなんぼだ。信じて任せることができないようなら、そりゃあ仲間じゃねえ」

まあ、信じて任せた上で、早く終わらせようってそいつを気遣《きづか》うってのは間違いじゃねえと思うけどな。

しっかしまあ、集中は途切《とぎ》れず覚悟は揺《ゆ》るがず、か。本当に変わったもんだ。……いや、成長したもんだ、って言うべきか。

「さあ。そろそろ話も終わりとしましょう。構えてください。不意打ちをして勝ったところで、意味はありませんので」

お嬢様はそう言うと持っていた槍を構え、いつでも動けるようにしている。

そんな状況でも先に攻撃を仕掛けないのは、俺がまだ武器を構えていないからだろう。

「俺としちゃあ、もう少し話してても良いんだが……まあ、始めるか」

「ええ」

俺はため息を吐いてから持っていた剣《けん》を構え、お嬢様と真正面から対峙《たいじ》する。

だが、ただ向かい合っているわけではない。俺は向かい合っている間にも自身を強化するなど魔法を使っている。

だってそうしないと、反応できないとか攻撃を受け止められないとか以前に、そもそも相手の動きを見ることすらできないし。

そして、俺達が見合ってから十数秒ほど経つと俺の準備は終わったと判断したのか、なんの前触《まえぶ》れもなしにお嬢様の体がブレた。特級としての力を遺憾《いかん》無く発揮して、こちらへと踏《ふ》み込んできたのだ。

「っ⁉」

だが、踏み込んだはずのお嬢様が、俺に槍を突《つ》き出す直前になって空へと吹っ飛んでいった。

後一歩あれば俺を刺《さ》せてたってのに、お嬢様がそんなことをする理由はない。

だが、俺はなぜお嬢様が上へと飛んでいったのかを悩《なや》むことはなかった。何せ俺が仕掛けたんだから。

今お嬢様が吹っ飛んでいったのは、俺が発生させた小さな穴に躓《つまず》いたから。

普通なら特級である相手のスピードについていくことはできないし、攻撃の最中に足元に落とし穴を作るなんてこともできやしない。だが、このお嬢様に限っては可能だった。

人間ってのは手に利き手《きて》があるように足にも利き足ってもんがある。無意識の時に歩き出そうとすると毎回そっちから踏み出す足のことだな。

前に何度も宮野と戦っているお嬢様の姿を見たんだが、その時は毎回右足から踏み込んでいたし、敵を攻撃するときも右足で踏み込んでいた。

獲物《えもの》は槍で、最も威力が出る距離《きょり》は決まってる。それらが分かれば、お互いの距離からどのあたりに足を出すかも分かる。

俺に向かって走っていたお嬢様は、足元にあった小さな穴に気づかず足を取られた。咄《とっ》嗟《さ》に反応しようとしたのだろうが、そこで俺が仕掛けていた罠の一つを起動してお嬢様の身体能力を僅《わず》かながら下げた。精々が肉体と実際の動きの感覚をわずかにずらす程度のものだ。

僅かといっても、咄嗟の状況で自身が思《おも》い描《えが》いている通りに体が動かなければ焦るに決まってる。そうして焦った結果が、今だ。そのまま転んだり、足を止めるくらいなら、強《ごう》引にでもその場を離れてしまおうと、落とし穴に引っかかっていない方の足で思い切り跳んだのだろう。

「おっと残念。そこはハズレだ」

だがまあ……それも想定通りだ。

その先にはあらかじめ空中に設置しておいた水滴《すいてき》と砂が宙を舞《ま》っている。

突然《とつぜん》の状況に慌《あわ》てたのか、反応が微弱《びじゃく》すぎる俺の魔《ま》法《ほう》は見逃《みのが》してしまったのか、それともその程度なら意味がないと判断したのか、お嬢様は空中から魔法を放とうと俺を見下ろしながら魔法を構築していく。

だが、させるわけがない。

「そら、どうしたよ？」

空中から攻撃しようとしたお嬢様だが、そんなお嬢様に向けて砂を操《あやつ》り目に入れさせる。

このためだけに用意してあった魔法だけに、その効果は覿面《てきめん》のようでお嬢様は目を瞑《つぶ》ってしまっている。

普段《ふだん》のお嬢様なら気づいていたかもしれないな。何せ空中に砂や水滴が浮《う》かんでんだから。

けど、今は戦闘《せんとう》中だ。思い切り動けば土埃《つちぼこり》や砂くらい舞うし、そもそも戦闘中に水滴や砂が舞っていたところで、それを不思議に思う奴《やつ》ってのはほとんどいない。躓きかけて慌てている状況なら尚更《なおさら》だ。

それに加えて、お嬢様は魔力を多く持ってるし、俺みたいな格下の雑魚《ざこ》が使った魔法の反応を探《さぐ》ることもできなかっただろう。魔力が多い奴ってのは、自分より遥《はる》かに格下の魔力を感じ取ることができないからな。

自ら空中に跳んだとはいえ、目を瞑ってしまったお嬢様は隙《すき》だらけだ。

無防備な姿を晒《さら》しているお嬢様に向けて、俺は小さな球を取り出すとそれを投げつける。投げられた球は俺の手を離れると、そのまま真《ま》っ直《す》ぐお嬢様の方へと飛んでいった。

「この程度っ！」

砂が目に入ってまともに見えないといっても、ずっと目を閉じているわけではない。お嬢様は砂が目に入りつつも強引に目を開き、わずかに目を痙攣《けいれん》させながらも自分に飛んできた球を槍で弾《はじ》き飛ばした。

だが、俺の投げた球とお嬢様の槍が接触したその瞬間《しゅんかん》、球が爆発《ばくはつ》し、あたりに衝撃《しょうげき》と轟音《ごうおん》を撒き散らした。

「くうっ！」

爆発を至近距離《しきんきょり》でくらったことでお嬢様は吹《ふ》き飛ばされることとなったが、相手は特級だ。あの程度でやられているはずがないと知っている。いや、信じている。

だからこそ、俺は油断することなく、お嬢様がどうなっているかの確認すらすることもなく魔法やら道具やらを使って追撃《ついげき》を放っていく。

しかしまあ、やはりと言うべきか。そう簡単に終わるはずもなく、俺の放った攻撃の全てが槍で切り落とされて終わった。

一連の攻防《こうぼう》が終わった後、落ち着いてお嬢様のことを見てみると、服の一部が煤《すす》けており、髪《かみ》も僅かに縮れている。

一番大きな変化は、警戒している表情の中に苦痛の色が見えることだろう。どうやら先ほどの爆発はそれなりに効果があったようだ。

だが、逆に言えばそれくらいしか効果がなかったとも言える。

ここまで防御《ぼうぎょ》に魔法はなしであるにもかかわらずほぼ無傷となると、それだけ力に差があるってことなんだが……それでいい。

爆発以外では一撃たりとも傷を残せないことは残念だが、それはそれで構わない。元々今ので倒《たお》せるとは思っていなかったんだから。

ほんと、残念ではあるのだが構わないのだ。……悔《くや》しい。

しかしまあ、傷を残せなくて悔しい云々《うんぬん》ってのは放っておくにしても、傷を残せないこと自体は構わないってのは本当だ。

元々この程度で倒せるなんて思っていなかったし、次の手はしっかりとある。

と言うわけで、次の手に移るべく新しく道具を取り出すと、それを再びお嬢様へと投げつけた。

「っ⁉　ごほっごほっ！」

俺が投げた道具をこれまでと同じように切り落としたお嬢様だが、今切られたのは、先ほどまでの爆発物《ばくはつぶつ》とは違って壊れたことで発動する魔法具だ。

効果は煙《けむり》をばら撒く煙玉《えんだま》。だが、ただの煙玉ではなく催涙《さいるい》成分入りだ。

それくらいなら魔法具なんて使わないで、袋《ふくろ》に入れて投げたり、ガチャガチャで使うようなカプセルに入れて投げたりでもいいと思うかもしれないが、それだとしっかりと相手の顔面にかかるか微妙《びみょう》なんだよな。粉って意外と広がらない時があるし。

そんなわけで使った催涙煙玉《さいるいえんだま》だが、その効果によって動きが阻害《そがい》された状況を見逃すことなく、俺は正面から魔法を使って水の球をいくつも放つ。

だがきっと、この攻撃も凌《しの》がれることだろう。この程度でやられるようなら、宮野の……勇者に勝負を挑《いど》んだりなんてするはずがないんだから。

「この程度っ！」

予想通り俺の魔法はお嬢様に反応され、避《さ》けられた。切らなかったのは煙玉の時と同じようなことを警戒したからだと思う。

「後ろっ⁉」

だがその直後、お嬢様は突然背後を向いた。

今この場にいるのは俺だけなのでお嬢様の背後には誰《だれ》もいないのだが、まるで誰かがいるかのような反応をしている。

その理由はわかってる。だってこれも俺がそうなるようにしたんだから。

さっきこのお嬢様が飛んだ時に付着させた水滴と砂。そのうち砂は目潰《めつぶ》しに使ったが、水滴の方は使っていなかった。そもそもあの水滴はなんのために用意していて、今はどうなっているのか。その答えが、今の状況だ。

お嬢様が空中に跳んだ際に砂は目へと向かったが、水滴はお嬢様の服に張り付けていた。そして今、背中側についていた水滴を僅かに動かすことで、感覚の鋭《するど》いこのお嬢様は服の上からでも異変を察知し、背後に何かあると背後へと振《ふ》り返ったのだ。

煙で視界を遮《さえぎ》られているから尚更敏感《なおさらびんかん》になっていたのだろう。うまくハマってくれた。

服の上からでは気づかなかった場合は首筋まで移動させるつもりだったんだが、服の上からでも気づかれてしまった。

個人的には水の冷たさを感じて「ひゃあっ！」とか悲鳴をあげて驚《おどろ》いてくれることを期待していた。

そっちの方が隙が大きいってだけで、別に女子高生の悲鳴をあげる姿が見たいとかそんな理由ではない。ほんとだぞ？

ちなみに、それを宮野と浅田にやったら怒《おこ》られた。理不尽《りふじん》……というわけじゃないけど、そういう戦い方なんだから仕方がない。

「それは囮《おとり》だバーカ！」

そんなふうに叫《さけ》びながら、俺は次の行動へと移るべく道具を取り出す。

我ながら子供っぽいとは思うが、咄嗟に出てくる言葉なんてこんなもんだ。言葉選びに無駄に頭を使う余裕《よゆう》もないしな。

新しく取り出した道具を投げつけると、避けるか斬《き》るか。飛んできた道具にどう対処するのが正しいのか一瞬《いっしゅん》悩《なや》んだお嬢様は、その場を飛び退《の》いて距離をとった。

その選択は正しい。お嬢様がその場から飛び退いた直後、俺《おれ》の投げた道具が弾け、中から光を溢《あふ》れさせて辺りを照らした。

お嬢様は距離をとったおかげでまともに喰《く》らうことはなかったみたいだが、それでも光が消えた後には目を細めていたので多少なりとも効果はあったようだ。しかしそれだけでは終わらない。

飛び退いたお嬢様が着地した先は、さっき催涙煙玉を使った時に俺が放った水の魔法が命中したところであり、その場所はぬかるんでいる。

それこそ、無警戒《むけいかい》で飛び跳《は》ねれば簡単に滑《すべ》って転ぶくらいにはな。

「きゃっ⁉」

先ほどまでなんの問題もなかった地面が泥《どろ》になっているとは思っていなかったのだろう。お嬢様はずるりと滑って体勢を崩《くず》しながら足元の地面へと視線を落とした。

慌てながらもすぐに槍を地面に刺して体勢を戻そうとするが、槍を刺した場所の地面に魔法で穴を開けてさらにバランスを崩させる。

お嬢様が体勢を崩し、もう避けられないだろうというところで、顔面に向かって液体の入った容器の蓋《ふた》を開けて投げつける。

普通ならそのまま避けることはできずに喰らっていただろう。だが、相手は〝特級〟だ。いかに状況が悪かろうと、強引に対処してしまえる規格外の存在。

だが、そんなのはとっくに理解しているさ。

体を捻《ひね》って避けられつつも、魔法を使って容器の中にある液体を操り、お嬢様の顔面にぶっかける。

「なっ……！　うぷっ⁉　っ～～～～～⁉」

お嬢様《じょうさま》は体勢を崩したまま立つこともせずに目を閉じて鼻を摘《つま》んで慌てているが、当然だろうな、としか言えない。

今俺が投げたのは、香水《こうすい》だ。ただし、いい香りのするものではなく、吐き気《け》がするようなキッツイものだけどな。

加えて、目や鼻に入ると刺激《しげき》を感じるような成分も入っている。そんなキツい液体を原液で顔にかけられたら、まあこうなるわな。

だがこれでも加減した方だ。本来は吐き気がする、ではなく本当に吐き出すくらい臭《くさ》いものを使うんだから。

しかし流石《さすが》に学生……それも女の子相手に糞尿《ふんにょう》の匂《にお》いなんて使えないので、やめておいた。

まあそんなわけで動けないお嬢様に向かって、ありったけの道具を投げて盛大《せいだい》に爆発させた。

「さて、まともに喰らったみたいだが、どうだ？」

爆発に巻き込まれないように、道具を投げたあとはすぐに距離をとって木の陰《かげ》に隠《かく》れたのだが、爆風《ばくふう》が収まった頃《ころ》に木の陰から姿を見せた。

さっきダメージを与《あた》えられた爆発と同程度の威力《いりょく》はあるはずだから、それをまともに喰らえば多少なりともダメージはあるはずなんだが……

と、考えながら俺が木の陰から姿を見せた瞬間、爆発で巻き上がった煙の中から槍の先《せん》端《たん》が飛び出した。

「っと。やっぱ残ってるよな」

不意打ち気味ではあったが、来るだろうなというのは予想していたので、その槍はなんなく避けることができた。

槍が引っ込むとそれ以上の攻撃はなく、爆発で舞い上がった土埃は風で吹き飛ばされていった。

どうやらお嬢様が魔法を使ったようだ。

だがそうして視界が晴れた先に現れたお嬢様は、先ほどまでよりも一層傷ついた姿をしていた。

煤《こ》けているだけではなく一部が焼け焦げた服に縮れた範囲《はんい》が広がっている髪。それから、先ほどまでは見られなかった火傷《やけど》や傷が、幾《いく》つも肌《はだ》に現れていた。

「くっ、どうして勝てないの……っ！」

傷を負ってはいるものの、まだ戦うにはなんら問題ないはずのお嬢様は、だがすぐに攻撃を仕掛けることはなく、悔しげな表情で俺を見て呟《つぶや》いた。

一応槍を構えてはいるものの、槍を握《にぎ》る手には力が込もり切っておらずどこか弱々しい感じだ。

「こんな適当な奴に負けるのは気に食わないか？」

きっとそうなんだろうと思いながら問いかけてみたが、お嬢様は何も言わない。

しばらく待っても攻撃をしてきそうになかったので、俺は「はあ」とため息を吐いてから口を開いた。

「お嬢様。あんたの戦いは綺麗《きれい》すぎるんだよ。体捌《たいさば》きも槍も、どう動いてどう攻撃するかも、全部が全部まるでお手本みたいに綺麗な戦い方だ。前に言った助言を参考にしたのか、多少は動きが変わっちゃいるが、まだまだ型に縛《しば》られてる」

まあ、それでも戦いづらくなったってのは確かなんだけど、咄嗟の時に動く先が読めるってのも事実だ。だからこそ、ここまで綺麗に嵌《は》められた。

「……それがどうしたと言うのです？　悪いとでも言うのですか？　今まで私が学んできたことは無駄《むだ》だと？」

「悪いとも無駄だとも言わないさ。お手本ってのはつまり、これまでの人類の経験の積み重ねだ。それを守ってるってことは、生き残るため、勝つために最適化された行動をするってことだからな。だが、ときには多少泥臭《どろくさ》くても踏み込まなきゃならん時ってもんがある」

何通りか考えているんだろうけど、このお嬢様は自分の考えた予測から外れたり迷ったりすると、すぐに離脱《りだつ》する。

確かにそれは生き残るためには大事なことだし、俺だって基本的にはそうする。予測から外れたんだったら一旦距離《いったんきょり》を取るし、わからなければ安全策を取る。そしてある程度の安全を確保してから、なんでそうなったのかを考える。

だがそれも、基本的には、だ。ときには多少の危険を飲《の》み込んででも踏み込む時がある。

だがこのお嬢様にはそんな様子がかけらもない。

今の戦いだってそうだ。多少の危険を受け入れて突っ込んでくれば、その瞬間に俺を倒せたかもしれない。何せ俺本体は特級とは比べるまでもないくらいに弱いからな。

だがお嬢様は突っ込んでくることはせず、避けるか弾くかして相手の攻撃に完全に対処してから動こうとしていた。

「予測から外れたならすぐに逃《に》げるってことは、最初から逃げるつもりで戦ってるってことだ。それじゃあどんな経験を積んだところで、全力なんて出せっこない」

ただ基本に忠実に戦う。それは大事なことだが、忠実なだけじゃ意味がない。本当に勝ちたいときに勝てやしない。

だから、危険があったとしても、綺麗じゃない、泥臭くて無様なことだとしても、踏み込まなくちゃいけない。

「失敗するかもしれない。負けるかもしれない――でも、勝ちたい」

勝負ってのはそれまでの訓練や才能が重要だが、気持ちだって同じくらいに重要だ。才能で負けていても、努力と気持ちで優《まさ》っていれば勝てることだってある。

「失敗した後なんて知るか。負けたらどうなるかなんて知るか。ここで引くわけにはいかない。何がなんでも勝ってやる！　そうして覚悟を決めて全力で踏み込むからこそ、掴《つか》める勝利ってのもあるもんだ」

お嬢様は才能はある。努力もしている。気持ちだって勝ちたいと願っていた。

だが、後一歩足りない。

勝ちたいとは願っているが、なんとしてでも勝ってやるという覚悟がない。

お嬢様としては覚悟したつもりなんだろう。だが、勝ち方を選んでいる時点で、それはまだまだ半端《はんぱ》な願いだ。

その半端さも、突き抜《ぬ》ければ負けることのない覚悟に変わるんだが、残念なことに今の時点ではそこまでいっていない。

「陳腐《ちんぷ》で安っぽい、そこらへんにありふれた言葉だが……気持ちで負けてちゃあ、勝てるもんも勝てねえよ」

俺の言葉を聞いたお嬢様は、悔しそうに、そして泣くのを堪《こら》えるように顔を歪《ゆが》めると、グッと槍を握る拳《こぶし》に力を入れた。

来るか、と思って身構えたのだが、お嬢様は俺に突っ込んでくるのではなく、俺の前から走り去っていった。

「逃げたか……仕切り直しだな」

しかしまあ、ある意味ありがたい。えらっそーに語っちゃいたが、俺の方はそろそろ限界だったからな。

魔法やら道具で体を強化していたが、それでも元の俺の体は三級相当だ。特級と渡り合えるくらいに強化しようとおもったら色々とガタが出てくるのは当たり前だ。

あれ以上戦っても勝てないことはなかっただろうが、キツい戦いになってただろうな。

ひとまずは戦いが終わったことで、ふうっ、と一息つくと宮野達へと連絡を入れて状《じょう》況《きょう》の確認《かくにん》をした。

「あー俺だが、状況確認だ。どうなってる？」

『宮野ですが、まだ戦闘中です。二人倒しましたが、宝を守るために専用の結界を用意したみたいで、思った以上に守りが堅《かた》いです。多分ですけど、結界は専用の鍵《かぎ》がないと開きません』

「強引に壊《こわ》すことはできなかったのか？」

『全力でやればおそらくは。ですが、その場合は宝ごと吹き飛ばしてしまうことになると思います』

これは冒険者《ぼうけんしゃ》の活動を模したゲームだ。なので、回収目標である宝を壊したら負けになるから壊すような攻撃《こうげき》はできない。

『時間をかけても壊せると思いますけど、残っている二人の邪魔《じゃま》があって中々上手《うま》くは……時間内に壊せるかと言うと微妙なところです』

「そうか。……仕方がない。敵を倒せただけでも上出来だな。一旦退いてくれ――ああそうだ。そっちにお嬢様が戻《もど》っていくかもしれないから、鉢合《はちあ》わせないように気をつけろ」

『わかりました』

しかし、専用の鍵か……鍵といっても物理的な鍵があるわけではなくパスワードのようなものだ。魔法のみで作られている結界なら直接《ちょくせつ》触《ふ》れればクラッキングをできないこともないんだが、あいにくと俺はここから動けないので無理だ。おそらく結界の鍵の内容自体はお嬢様の班員全員が知っているだろうが、まあ誰も吐かないだろうな。

だがまあ、今はいい。結界を壊せなくても相手のうち二人も倒せたんだったら、成果としては十分だ。

「後は北原達の方だが……」

と考えて北原達に連絡しようとしたのだが、俺が声をかける前に通信機から声が聞こえた。この声は……浅田だな。

『浩介』

「浅田か？　なんだ――」

『柚子と晴華がやられた』

◆◇◆◇

「来た」

「えっ？　あ……」

あらかじめ決めていた通りに拠点《きょてん》を作って待機していると、突然晴華から警告の言葉が発せられ、振り向いた先には木々の間から敵――工藤俊が姿を見せていた。

「こちらはあなた方ですか。これは、ハズレを掴まされましたかね」

俊はその場を軽く見回すなり小さくため息を吐きながら呟いたが、そんな俊の言葉に佳奈がムッとした表情になりながら前に出た。

「人の顔見るなりハズレとかさー、ひどくない？」

「ああ、これは失礼しました。……ですが、あなた方が『生還者《せいかんしゃ》』に劣るのは事実でしょう？」

確かに、佳奈達《たち》自身も自分達三人と浩介一人のどちらが厄介《やっかい》かと問われれば浩介の方だと答えるだろう。だから俊の言葉は間違《まちが》っていない。……いないのだが、だからと言って実際にそう言われると腹が立つものだ。

「……けっこー礼儀《れいぎ》正《ただ》しい奴かと思ってたけど、こんな失礼なわけ？」

「戦いにおいて相手を苛立《いらだ》たせるのは基本では？　おそらく〝彼《かれ》〟も同じように教えたと思いますが？」

「それは……まあそうだけど」

実際にそう教えられてきただけあって、佳奈は俊の言葉を否定しきれずに言葉に詰《つ》まってしまう。

「それで、一応確認をしておきますが、宝はこちらで合っていますか？」

「そーです、って言って信じんの？」

「いいえ。おそらくは伊上さんが守っているのでしょう？」

「わかってんなら聞くなし」

「ですから、一応の確認なのです」

俊の雇《やと》い主《ぬし》である飛鳥と同じような問答が繰《く》り返されたが、まともな答えが返ってこないことなど俊も予想できていたのだろう。特に落胆《らくたん》した様子もなく小さく苦笑《くしょう》を浮かべてから話を続けた。

「ですが、こちらにないとなれば仕方ありませんね。申し訳ありませんが、すぐに終わらせていただきます。手のかかる子供が心配なので」

「て、手のかかるって……天智さんのこと……？」

「自分とこのお嬢様に随分《ずいぶん》な言い草じゃん。そんなんでいいわけ？」

「雇われの身であったとしても、主を盲信《もうしん》するだけが仕事ではありませんので」

冗談《じょうだん》めかすように軽く肩《かた》をすくめた俊。その言動は主に対するものとしては相応《ふさわ》しくないのかもしれないが、だが俊の中には飛鳥に対する情が確かに存在している。だからこそ、飛鳥のために戦おうとしているのだ。

「武器を構えなさい。大人気ないのは承知の上ですが、それでも負けるわけにはいかないのです。せめて、正面から打ち破ることで謝罪としましょう」

「謝罪なんていらない。私達《たち》が勝つから」

剣を抜きながら告げられた挑発《ちょうはつ》とも取れる言葉に対し、佳奈は臆《おく》することも憤《いきどお》ることもなく武器を構えた。

「特級冒険者、『白騎士《きし》』工藤俊。あなた方を倒させてもらいます」

「騎士って名乗るだけあって、随分とお行儀いい感じじゃん。でも——」

剣と盾《たて》を構えながらまるで本物の騎士のように自身の名を告げた俊に対し、佳奈はそう言うなり構えていた大槌《おおづち》を振りかぶりながら俊へと走り出した。

「甘《あま》い！」

なんの工夫《くふう》もなく正面から接近してくる佳奈を見て、俊は盾を持っている左半身を前に出して防御の姿勢を見せる。佳奈の一撃《いちげき》を防いだ後にカウンターによる一撃を加えるようだ。だが、そううまくはいかない。

「隙だらけ」

呟くような晴華の声が後方から聞こえてきたかと思ったら、佳奈は突然進路を変えて真横へと飛び退いた。直後、それまで佳奈のいた場所を通過して炎《ほのお》の塊《かたまり》が俊へと襲《おそ》いかかる。

「この程度……特級を舐《な》めるな！」

「はあっ⁉」

「やば……」

佳奈が引きつけることで晴華が準備する時間はあった。手を抜いたわけではない。むしろこの一撃で仕留《しと》めてしまうという気概《きがい》で臨《のぞ》んだ一撃だったはずだ。

だが俊は、そんな炎の塊に向かって盾を構えながら直進していった。流石は特級というべきか。『白騎士』は体の丈夫《じょうぶ》さが優《すぐ》れているタイプなのだと理解していたが、まさか炎の中を進んでくるとは思っていなかった佳奈は、驚きによって反応が遅《おく》れ、俊を止めることが叶《かな》わず晴華への接近を許してしまった。

だが、彼女《かのじょ》達の教導官も同じようなことをしてくるのだ。彼よりも格上の存在も同じようにすると考えていなかったのは佳奈達の怠慢《たいまん》だと言える。

佳奈の横を抜けて晴華へと接近した俊は、勢いをそのままに剣を突き出しての突進《とっしん》を行った。だが……

「これでっ――なっ⁉　破れない⁉」

俊とて結界による守りがあることはわかっていた。だが、所詮《しょせん》は一級の守り。特級である自分の全力の突進は防ぎきれないだろうと考えていたのだ。実際、俊の考えていた通り柚子の張っていた結界は、突き出された剣によって壊されていた。――ただし、〝数枚だけ〟だったが。

これまでの柚子は、全方位を守るための半球状か、あるいは強力な一枚の壁《かべ》という形状の結界を張ってきた。だが、それでは防げない攻撃があるのだと先日のジークとの戦いで理解した。させられた。

そうして考えた結果がこれだ。一枚ではなく複数枚を一ヶ所に集めることで、一点に対する攻撃への防御性能を高めることにしたのだった。

だがそれだけではない。柚子の張った結界には微妙に角度をつけられている。しかも全て別方向を向いているときた。そんなものを何枚も抜こうと正面から当たれば、勢いが流される上に軸《じく》がブレてしまい本来の威力を出すことなどできやしない。

その結果は見ての通り。俊の攻撃は最初の数枚を破壊《はかい》することこそできたが、そこで止まってしまった。

「二人とも、大丈夫《だいじょうぶ》だよ。私が、守るからっ……！」

放たれた言葉からは、普段の柚子にはない頼《たの》もしさを感じさせられた。それはそうだろう。何せ、ジークと戦った時から……いや、それより前から柚子はもっと強く、もっと自分も戦えるようにと考えてきたのだから。

活躍《かつやく》したい。けど何もできない。役割があると言っても、本当に役に立っているのかといったら、断言できない。これまでの柚子は、そんなことを思いながら戦ってきた。

実際に役に立っていないわけではない。必要ないわけでもない。結界も治癒《ちゆ》も、なければ困るどころの話ではないのだ。

だが、目立たない。それこそ、柚子自身も己《おのれ》の役割に疑問を抱《いだ》くほどに。

結界は能動的に動くわけではない上に、結界そのものが透明《とうめい》なために傍目《はため》からは何もやっていないように見える。

治癒は万が一の保険として必要だし、後ろで待っていてくれるから瑞樹達《たち》前衛が踏み込めるのではあるのだが、誰も怪我《けが》をしなければ出番はない。そして、怪我をするはずの前衛が『勇者』となればその怪我の確率も著《いちじる》しく下がる。結果、治癒を行う機会が減る。怪我をしないというのは本来ならばいいことなのだが、それでは自分が目立てない。

柚子は、自分も戦っていると、チームに貢献《こうけん》しているのだと思いたかった。

だからジークの時はチャンスだと思った。練習とはいえ『勇者』からの攻撃を防ぎ切ることができれば、自分はみんなの役に立っているのだと言えるから。

だが、結果はどうだ。柚子の張った結界は簡単に破られ、良いところなんて何もなかった。

だから、今回は負けるわけにはいかなかった。ここでもいいところを見せられないようなら、今後も自分がチームのために役に立てる時が来るとは思えなかったから。だからこ

そ、次こそ勝つために必死になって考え、悩んだ。

　そうして努力してきた柚子が全力を出しているのだ。全力を出し、なんとしてでも通さないと意地を見せている。そんな姿が頼もしくないわけがない。

「ナイス柚子！　よく防いだ！」

「ジークさんの、おかげだよ。あの時ので、特級の攻撃の重さが理解できたから……」

「あいつのおかげ……う～。なんか感謝したくないけどするべきって感じがあ……」

「〈燃えて〉。それよりも攻撃して」

「あっ、ごめん！」

　ある種の恋敵《こいがたき》とも呼べるジークが原因で友達が強くなったと聞かされ、佳奈は一瞬《いっしゅん》動きを止めて眉《まゆ》を顰《ひそ》めた。それは明らかな隙だったが、そんな隙を埋《う》めるように晴華が牽制《けんせい》の一撃を放ち、佳奈のことを咎《とが》めた。

「ジーク……『竜殺し《りゅうごろし》』ですか？　彼の伝手《つて》でしょうが、本当に厄介だ。流石にあんな大物と比べれば、劣《おと》っているのは事実でしょう」

　今回のイベントに呼ばれた特別ゲストである『勇者』ジークのことは、当然ながら俊も知っている。その功績も、能力も。そんなジークと比べられれば、『勇者』となれなかった自分の攻撃が劣るのは無理からぬことだと理解できた。

「ですが……」

だが、俊が『勇者』に劣るのは事実だとしても、今俊が相手しているのは『勇者』本人でもなければ特級ですらない。警戒《けいかい》こそすれど、諦《あきら》めることも臆すこともない。

「『上』を知ることができたとしても、だからと言ってそれであなた方の能力が強くなったわけではありません」

直後、走り出した俊に対するは、当然三人の中で唯一《ゆいいつ》の前衛である佳奈だ。

俊による盾の突進を大槌で迎撃《げいげき》して勢いを止めた佳奈だが、続く剣による連撃《れんげき》の全てを防ぐことはできなかった。

「くっ……！」

俊の動きは瑞樹よりも遅《おそ》い。普段《ふだん》瑞樹と対峙《たいじ》してその速さに慣れている自分にとっては、容易《たやす》くはなくても凌ぐことはできるだろうと考えていた佳奈だったが、そんな考えは容易に崩されてしまった。

考えてみれば当たり前のことだ。いくら瑞樹が『勇者』であり浩介の教えを受けてきたとしても、その時間はたかだか一年程度でしかない。それに対して俊は冒険《ぼうけん》義務期間である五年を超《こ》えて生き残ってきたベテランだ。絶対的な戦闘の経験値が違《ちが》う。瑞樹の攻撃を凌げるからと言って、俊の攻撃まで防げるとは限らない。

相手は『勇者』ではなく、浩介のような特殊《とくしゅ》な存在でもない。そんな油断もあったのだろうが、佳奈が俊と剣《けん》を交えてからわずか数秒。たったそれだけの短時間で佳奈は体勢を崩すこととなり、俊の一撃を脇腹《わきばら》に受けて弾き飛ばされてしまった。

殴《なぐ》り飛ばした佳奈を無視し、俊は後衛の二人に向かって走り出す。その視線から察するに、狙《ねら》いは晴華ではなく守りと治癒のできる柚子のようだ。

「柚子！」

「だい、じょうぶっ――――」

殴り飛ばされながらも柚子のことを心配して叫んだ佳奈を安心させるように、柚子は自信に満ちた声を返した。いや、返そうとした。

「ではありませんよ」

だが、そんな言葉を遮るように俊が柚子達《たち》を守る結界に剣を突《つ》き立てた。もちろんその程度の攻撃では結界を破壊し尽《つ》くし、守りを抜くことができないのはわかっている。だから今回はそれだけではなく……

「特級を舐めるなっ！」

俊はいつになく熱く叫び、止まった足をさらに一歩踏《ふ》み込《こ》んだ。そして、結界に突き立てた剣の柄尻《えじり》を、左手に持っていた盾で思い切り殴りつけた。

「きゃあっ！」

すでに何枚か壊れていた結界にさらに剣が押《お》し込まれ、その衝撃によって俊の剣が砕《くだ》け散る。だがそれと引き換《か》えに、全ての結界が破壊された。

結界が壊されたと認識《にんしき》するや否《いな》や、晴華は俊を迎撃するために魔法を構築していく。最悪どちらかがやられるかもしれないが、それは覚悟《かくご》の上。その判断も覚悟も素晴《すば》らしい。だが、あまりにも時間がなさすぎる。

「来ないで！」

「今更《いまさら》この程度でっ！」

晴華が魔法《まほう》を構築している中、柚子は衝撃で怯《ひる》みながらも慌《あわ》てて結界を張るが、急いで張ったその場凌ぎの結界など、今更《いまさら》俊には通用しない。

接近され、自身を守る結界を壊された柚子にできることはなく、最後は全力で結界を張ったものの、ほんのわずかな時間を稼《かせ》ぐことしかできず破壊された。

それでもせめてもの足掻《あが》きにと、咄嗟《とっさ》にパチンコを取り出して弾《たま》を放つ。だが、いかに至近距離での攻撃といってもそんなものが特級に通用するはずがなく、パチンコによる攻撃に盾を合わせるために一歩動きを遅らせたことしかできずに盾で弾き飛ばされてしまう。

それにより会場に張られていた治癒の魔法が発動し、柚子はここで退場することとなった。

だが、柚子の抵抗《ていこう》も全くの無駄というわけではなかった。結界の維持《いじ》による抵抗と、最後のパチンコによる抵抗。その二つで稼いだ時間のおかげで〝次〟へと繋《つな》がった。

結界が破壊された直後から準備していた晴華の魔法が、柚子が必死に堪えて稼いだ時間で完成し、俊へと襲い掛《か》かる。

「くっ……だがっ！」

俊は足元に炎が出現したことを理解すると、即座《そくざ》に対処すべく動き出す。

「逃《のが》すかあああああ！」

だが俊が動き出そうとした瞬間、弾き飛ばされたはずの佳奈が俊へと接近し、大槌によ る一撃を繰り出した。

流石にその攻撃を防がないわけにはいかず、また防ぐとなれば腰《こし》を落としてしっかりと受けなければならない。だがそうなれば晴華の魔法を受けることになってしまう。

僅《わず》かな時間だけ悩《なや》んだ俊は、佳奈の攻撃を防ぐことにしたようで腰を落として盾を構えた。

「――〈火柱〉！」

佳奈としても防がれることは織《お》り込み済みだったのだろう。一撃を加えた後は即座にその場から離《はな》れたが、攻撃を受けた側である俊はそうすぐには動けない。直後その足元から炎が溢れ出し俊を飲み込んだ。

これで終わり。そう佳奈と晴華の気が緩《ゆる》んだその瞬間。燃《も》え盛《さか》る炎の中から何かが飛んできた。

「え……あがっ！」

盾だ。さっきまで俊が持っていた盾。それが炎を突き抜けて晴華へと迫《せま》り、命中した。

そんなことが起こると考えていなかった晴華の体に、野球選手の球よりも速く飛んでくる盾が直撃《ちょくげき》する。盾の投擲《とうてき》をその身に受けた晴華は体を折り曲げて弾き飛ばされ、柚子と同じように治癒の魔法が発動したことで退場となった。

「これで後ひと……ぐうっ！」

だが、そうして二人を倒した代償《だいしょう》は高くついたようだ。晴華の炎の直撃を受けた俊は痛みに顔を歪めている。

「こんのおおおおおっ！」

仲間を二人もやられたことで、佳奈は怒《いか》り心頭と言った様子で俊へと大槌を振り下ろした。だが、怪我をしていたとしても特級であることに変わりはない。

佳奈も仲間を倒されたことや、油断していたことに焦《あせ》りや悔しさがあったのだろう。慌てて殴りかかった大槌は、俊に殴り返されたことで佳奈の手から弾かれてしまった。

「いい加減倒れなさいよ！」

「あいにくと、まだ負けるわけには、いかないのです。私が負けたら、誰があの子を支えるのですか」

「そんなの知らないっての！　支えられなきゃいけないくらいなんだったら、突っかかってこなければいいじゃない。一人で歩けるようになってからかかってこいってのよ！」

「ふっ。〝彼〟に支えられて歩いているあなた方は、流石に言うことが違いますね」

「っ〜〜！　さっさと倒れろ！」

武器をなくし、至近距離《しきんきょり》での殴り合いをしながら言葉での攻防《こうぼう》も行っていく佳奈と俊。

だが、やはり先ほどの炎によるダメージが大きかったのだろう。殴り合いの途中《とちゅう》で俊の体がよろめいた。

その姿が目に映った瞬間《しゅんかん》、佳奈の体は考えるよりも早く動いた。

攻撃の手を止めて拳を引いたその構えは、まるでジークが見せた一撃と同じもの。足を開いて重心を低くし、体を捻って大きく腕《うで》を引く一撃必殺の構え。

「っ……！　これは——」

その拳を構える姿を見て何を感じたのか俊は焦ったように目を見開き、だが俊にできたのはそこまでだった。

「ぶっ飛べ！」

「がっ――」

ダンッと地面にヒビが入るほど強い踏み込みと共に放たれた拳。それは容赦《ようしゃ》なく俊へと迫り――殴り飛ばした。

衝突《しょうとつ》というよりも爆発《ばくはつ》の方が近いのではないかと思えるほどの音を轟《とどろ》かせながら飛んでいった俊。それと同時に発動した治癒の魔法を見て、もう終わったのだと判断した佳奈はすぐさま退場判定となった晴華と柚子の許へと駆《か》け寄っていった。

「晴華！　柚子！」

「えへへ……ごめんね」

「負けちゃった」

「こっちこそごめん！　あたしがあいつを抑《おさ》えられてれば……」

そう悔《くや》しげに顔を顰めている佳奈だが、自身がすでに負けて退場することを伝える以外の会話は禁止されているため、晴華も柚子も佳奈に声をかけることはしない。

佳奈もそのことをわかっているようで特に不満を言ったりはせず、三人がそれ以上言葉を交《か》わすことはなかった。だがそれでも、晴華と柚子が佳奈達のことを応援《おうえん》しているという想《おも》いはしっかり佳奈に届いていた。

「……相手の特級は倒《たお》したんだから、後はあたしらがなんとかするから」

◆◇◆◇

浅田から聞いた限りだと、工藤という特級を相手に三人はそれなりに上手くやったようだ。三人中二人落ちたわけだが、それでも相手が特級の二つ名持ちだったと考えると上出来だろう。

そんなわけで状況は、宮野が倒した二人と、工藤で三人倒したことになり、向こうの残りは三人。だが、こっちも安倍と北原をやられたので二人減り、残りは三人で同数となった。

このままいけば同数でおしまいだが、時間切れの際に同数で引き分けた際は初期メンバーの多い方が負けとなる。なので、現状のまま終われば、判定でお嬢様達《じょうさまたち》の負けとなり、俺達《おれたち》の勝ちだ。

できることならこのまま終わって欲《ほ》しいんだが、そうなると問題は残り時間だな。

「残り時間は……三十分か」

『どうするんですか?』

敵の陣地《じんち》から逃げ帰《かえ》っている最中であろう宮野が通信機越《ご》しに問いかけてくるが、さて……。

「宮野は一旦《いったん》浅田と合流しろ。浅田はまだそっちの拠点の防御《ぼうぎょ》はある程度は動いてるだろうし、宮野と合流するまでなんとしても生き残れ」

『はい』

『うん』

俺《おれ》達は相手を撹乱《かくらん》するために宝の守り手を俺か北原かわからないように偽装《ぎそう》していたが、北原がやられたとなると、宝の守護者がいない状況になる。

一応向こうの守りには浅田は残っているし、宮野を送ることもできるが、俺はこの宝の置いてある場所から動くことはできない。

この状況でも俺が宝を守りに行かないとなったら、どう考えてもおかしい。

なので、俺が動かない時点で北原ではなく俺が宝の本当の守り手だってのがバレる。

「北原がやられたってことは、もう宝の本当の場所はバレる。お互《たが》いの残りのメンバーの数からして、現状では俺達が勝ってる」

だが、このまま終わるはずがない。お嬢様は最後に泣きそうな様子で逃げていったが、あのまま折れることはないと思う……多分。

……まあ、折れずに立ち向かうだろうという前提で考えておこう。

「だから多分宝を狙いつつ人数を減らすため、浅田を倒そうとそっちにいくかもしれない。二人は合流次第《しだい》こっちに来い」

『わかった』

今一番困るのは、方々に散らばっている俺達が各個撃破《げきは》されることだ。

俺達としてはこのまま誰《だれ》もやられずに逃げ切れば勝ちだが、向こうとしては一人でも倒せば勝てる状況。

だから、下手に個々で俺のところに向かって来られるよりも、浅田には防御のしっかりしているところで生き延び、宮野と二人でこっちに合流してほしい。

そう考えて宮野と浅田には指示を出したわけだが……

「は？　……新手か？　でも誰が？」

仕掛《しか》けていた鳴子が反応し、再び誰かがここへと近づいてきているのがわかった。だが、誰だ？

宮野達ではない。となると敵なんだが、お嬢様にして早すぎると思う。立ち直るだろうとは思っていたが、そんなにすぐってほどでもないはずだ。

となると残りのメンバーが来た？　しかしお嬢様以外の二人のうち一人は宝の守護で動

けず、となるともう一人のメンバーになるわけだが、生き残ったとはいえ宮野の襲撃《しゅうげき》を受けたのにそんなにすぐに動けるもんか？

そんなふうに考えながら迫ってくる敵を待ち構えた。

「なんでもうこっち来たし」

だが、木々の隙間《すきま》からは先ほど逃げたはずのお嬢様が姿を見せた。

え、お嬢様が来んの？　立ち直るとは思ってたけどよぉ……いくらなんでも早すぎねえか？

四章　私達の英雄

――天智《あまち》　飛鳥《あすか》――


浩介《こうすけ》から逃げた飛鳥は、重い足取りで一人森の中を歩いていた。

最初は走って逃げていたのだが、途中から走るのをやめてしまっていた。

それでも足を止めなかったのは、まだ勝とうとする飛鳥の意思によるものではなく、流れ。

言ってしまえば、ただの惰性《だせい》だった。

「どうして……」

飛鳥は自分達の陣地へと向かって歩きながら先程《さきほど》の戦いと、その時に言われた『憧《あこが》れ』からの言葉を思い出していた。

勝てるはずだった。だが、負けた。

飛鳥は浩介に『憧れ』とは言っても、それは『人を助けてきた』という浩介の行動に対してであって、彼の実力そのものが優れていると思っているわけではない。

状況は相手に有利だったが、力で言うのなら圧倒的《あっとうてき》と言っていいほどに自分の方が上。

勝てない戦いじゃなかった。

だが、蓋《ふた》を開けてみればほぼ完敗と言っていいほどに一方的にあしらわれて終わった。

「どうして……っ！」

そして、その足はついに止まってしまった。

「私は、今まで何をやってきたのでしょうか……」

浩介は無駄ではないと言っていたが、飛鳥には自身のやってきたことは無駄であると言われたように感じていた。

そうして飛鳥が一人で歩いていると、突然《とつぜん》誰《だれ》かが現れた。

「飛鳥さん！」

「あなたは……」

「ごめんなさい！　陣《じん》を守りきれませんでした！」

飛鳥の前に現れたのは、陣を守っている四人のうちの一人である治癒師の少女だった。

彼女《かのじょ》は自分がいても意味がないと思い、事前の作戦にはなかったが飛鳥の許へ助けに行こうと宝を守っているもう一人と相談し、陣を飛び出してきたのだった。

「いえ……私も、負けてしまいましたから」

少女の謝罪に、飛鳥は力のない表情で首を振《ふ》り、自嘲《じちょう》げに嗤《わら》った。

「勝つと約束したというのにこの有様。申し訳ありませんわね」

そんな今まで見せたことのない表情をした飛鳥に驚《おどろ》いたものの、少女は飛鳥を励《はげ》ますべく力強く言った。

「まだです。押されていますけど、まだ宝は残っています。あなたがやられない限り、結界は残ってますし、宝は奪《うば》われません。まだ勝てます。行きましょう！」

「……ですが、私は、もう……」

だが、そんな少女の言葉に飛鳥が応えることはなく、ただ疲《つか》れたように息を吐《は》き出して首を振るだけだった。

「そもそも、私はあなた達のリーダーとして誰かを率いる格ではなかった。仲間を率いることもできず、敵に勝つこともできないなんて、そんなみっともない姿を見せるくらいなら、最初から……」

自分ではダメだった。

そう思いながらも、それでもまだ手放せない何かが残っているのか、飛鳥は最後まで言葉を続けることなく、ただ悔しげに言葉を飲《の》み込み、その場には沈黙《ちんもく》が訪《おとず》れた。

「あなたも、他の方々も、申し訳ありませんでした。私のわがままで迷惑《めいわく》をかけてしま──」

その沈黙で何を思ったのか、飛鳥は目の前の少女に頭を下げようと言葉を吐き出していくが……

「迷惑だなんて思ったことは一度もありません」

「え……」

だがその言葉は途中で遮《さえぎ》られた。

飛鳥が呆然《ぼうぜん》と声を漏《も》らしながらも顔を上げると、そこには真剣《しんけん》な表情をして飛鳥のことを見つめている少女の姿があり、今まではそんな眼を向けられることがなかった飛鳥は驚き、少女から目が離せなかった。

「勝ってるとか負けてるとか、率いる器だとか、そんなんじゃないんです。私にとっては、誰かを助けたいって、そういったあなたの姿が、輝《かがや》いて見えた。誰かを助けるために頑張《がんば》っているあなたこそが、英雄に見えた」

「英雄など……私には、なれませ──」

「なれます」

少女の言葉を否定しようと飛鳥が弱々しく言葉を紡《つむ》ぐが、それも少女によって途中で遮られてしまった。

「なれます。他のメンバー達も、全員が同じことを思っています。あなたは私の、私達の英雄です」

そう言った少女の瞳《ひとみ》には目を逸《そ》らすことの出来ない『力強さ』があり、その瞳に射抜《いぬ》かれた飛鳥は目を逸らすことができなかった。

そして、飛鳥は少女にまっすぐ見据《みす》えられながら口元を震《ふる》わせ、口を何度か開閉させた後、迷いながらも問いかけた。

「どうして、あなたは……あなた達は私のことを信じられるのですか？　私は、あなた達のリーダーに相応しくなかったはずです。いえ、そもそも誰かを率いる器ではなかった。だと言うのに、どうしてそれほどまでに信じ、ついてこようとするのですか？」

飛鳥にそう問われた少女は、不思議なことを言われた、とでも言うかのように眉を寄せた。

「……あの、〝推《お》し〟を信じるのに理由なんて要《い》りますか？」

「え……」

「私達は、あなたの進む姿を見て信じたいと、そう思ったから、思ってしまったから信じた。それだけです。自分の〝推し〟が活躍する姿を近くで見たいと思うのは当然ですよね」

「お、推し……?」

飛鳥はそんな少女の言葉に対して呆然としつつもどこか困惑《こんわく》を感じさせる声を漏らしてしまった。

しかしそこで話は終わらず、少女は「ですが」と口にし、そのまま話を続けた。

「信じたのも、〝推し〟だなんて思うのも私達の勝手。その信用や信頼《しんらい》を、あなたが背負う必要なんてないんです。あなたは自身が思うように進めばいい。これから先何度負けたとしても、かっこ悪い姿を見せたとしても、それでも私達はあなたを信じる。あなたが進む道こそ私達の信じる道、進む道なんです。だから――」

少女は最後まで言うことなくそこで言葉を止めると、にこりと笑いかけながら手を伸《の》ばし、飛鳥の体についた傷を癒《いや》していった。

治っていく自分の体と、目の前の少女を見比べ、そしてこの場にはいない他の仲間達を思い浮かべた。

――もっと自由に、ですか。

そして、以前浩介に言われたことを思い出し、ギュッと目を瞑《つぶ》ると、目を瞑ったまま口を開いた。

「――申し訳ありませんでした。私は、私です。あなた方の期待に応えられないかもしれません」

しかしそれだけでは飛鳥の言葉は終わらない。

「けれど、期待されて応えられないのは悔しいです。負けたまま逃《に》げ続けるなど、認められません」

飛鳥は閉じていた目を開くと、自身のことを慕《した》ってついてきてくれた目の前の少女を見つめて言った。

「カッコ悪い姿を見せましたが、ついてきてくれます……いえ」

ついてきて欲しい。そう言おうとして飛鳥は言葉を止めた。

自身を率いるものとして認めてくれたのなら、この言い方は相応しくない。

今、ふさわしい言い方は……

「ついてきなさい」

「はい！」

そして飛鳥は仲間を率いて自分が逃げてきた道へと引き返した。

今度こそ勝つために。

――伊上《いがみ》　浩介――

　想像以上に早くお嬢様《じょうさま》が来たことで作戦に早速綻《さっそくほころ》びが出そうだが、どうにかするしかない。

　頭を押さえてため息を吐くふりをして、耳の通信機を操作する。これで俺達の声は宮野《みやの》達に垂れ流しになるだろう。

「来るだろうなとは思っていたが、早すぎね？　もうちっと陣地に戻《もど》って確認《かくにん》とか準備とかさ、そういうのをしとけよ」

「確かに準備不足ですし、魔力《まりょく》も回復したわけではありません。ですが、あなたの予想を外すことはできた」

　しかもなんだ、あの顔。さっきまでとは別人じゃねーか。なんであんな気力の満ちた顔してんだよ。

「さっきやられたばっかかなのを忘れたのかよ」

「いいえ。ですが、仲間に言われてしまったのです。私は、彼女達の英雄である、と。ならば、そこまで言わせたにもかかわらずここでみっともなく負けたままでいることは、私のプライドが許しませんわ」

　仲間、ね。残ってんのは宝を守ってるはずの二人だから、そいつらから連絡《れんらく》を受けでもしたのか。

で、その仲間に言われたから力が湧《わ》いて立ち上がれたってか？　……どこの主人公だよお前は。

「それでは、いきますわ」

「……っ⁉」

お嬢様と睨《にら》み合いながらそんなことを考えていると、お嬢様がそう宣言してから槍《やり》を構え、俺が剣を構える前に俺へと走り出した。

これまでとは違う行動に目を見開いたが、それでも突っ込んできたお嬢様の攻撃《こうげき》にギリギリで対処し、逸らすことができた。

しかし、お嬢様の攻撃は突き出された一撃だけでは終わらない。その後も何度も連続して攻撃が繰《く》り出される。

なんとか浅い傷を作ったり転がったりしながら凌《しの》いでいたのだが、突然《とつぜん》背後、お嬢様のいる方とは逆側の森の中から魔力の高まりを感じた。

そして、お嬢様を巻き込む形で炎が迫ってきた。

魔法使《まほうつか》い⁉　そうか、連絡を取ったんじゃなくて直接こっちに来たのか！

「隠密《おんみつ》からの広域魔法とか、せこいだろ！」

「卑怯《ひきょう》さであなたに言われたくありませんわね」

「はっ、そりゃあごもっとも！」

背後から迫る炎をどうにかしたいのだが、素直《すなお》にお嬢様が逃がしてくれるはずもなく、一瞬迷ったが仕方ないと判断し、俺は自分から後方に跳《と》び、炎の中に突っ込んでいった。

くっ……一応魔法具での防御は発動したが、それでも結構熱いな。

だが、なんだろうな。思っていたよりも威力《いりょく》が弱い気がする。お嬢様を巻き込む感じだったから加減でもしたんだろうか？

「それに、避《さ》けようのない奇襲《きしゅう》であってもしっかりと防いでいるではありませんか」

「防がねえと負けるからなあ！」

そんな軽口を交わしながら、俺は再び突っ込んできたお嬢様の攻撃を凌いでいく。

……さてどうするか。宮野達《たち》が来るまで十分かかるかどうかってくらいか？

それまで保つか？　今も補助用の魔法具や防御用の魔法具にガンガン魔力を吸われてるし、保たねえ気もするな。

となるとどっかで仕掛ける必要があるが……。

「ちっ！　しゃーない……しなやす！」

このままでは援護《えんご》が来る前に負けると判断し、どうにか持ち堪《こた》えるべく俺は防御用の魔法具を解除して、無防備になった腹でお嬢様の槍を受け止めた。

「えっ⁉」

攻撃をしたのは自分のはずなのに、俺の腹を貫《つらぬ》いたお嬢様は驚いたよう目を見開いて声を漏らした。

だがまあ、そうだろうな。さっきまでまともにやり合ってたのに、いきなり無防備に腹を貫かせたんだ。

腹を貫いたと言っても、治癒の結界が発動しては困るのでギリギリを見極《みきわ》めて重要な臓器を傷つけないように攻撃を受けた。だがそれでも重傷《じゅうしょう》であることに違いはない。普通《ふつう》なら避けるべき攻撃であるはずなのに、それを避けずに喰《く》らったというのだから驚くに決まっている。

めちゃくちゃ痛いし、なんだったらこの後の動きが阻害《そがい》されるかもしれない。普通ならやらない頭のおかしい行動だ。

けど、それでもお嬢様の動きを止めることはできた。

「起動」

俺は自身の腹を貫いている槍を掴《つか》むと、腹を貫かれたまま強引《ごういん》に一歩お嬢様へと近づいた。正直かなり痛いが、気合いで痛みを叩《たた》きのめす。

そして、足裏から地面に向かって魔力を流《なが》し込むと地面を突き破《やぶ》って金色に輝く鎖《くさり》が姿を見せ、俺とお嬢様の二人に絡《から》み付いて拘束《こうそく》した。

「前もこんな状態になったなぁ……」

一年前の試合でもこんなことがあった。

あの時は工藤《くどう》だったし、俺は腹を貫かれたわけではないけど、至近距離で鎖に拘束されるって状況《じょうきょう》は変わらない。

「これは……俊《しゅん》から聞いていた鎖ですか。ですが私は魔法を……？　使えない？」

お嬢様は工藤から俺との戦いを聞いていたのだろう。

あの時は旧式のものしかなかったので、拘束されながらも魔法を使うことができてしまった。

だが、今回は違う。今回使ったのは拘束した者の魔力を封《ふう》じる新型だ。

まあこれも、さらにもう一段階上のバージョンの装備ができたから手に入ったもので、警察が使うような正式版じゃないんだけどな。

ちなみに、正式版は拘束と魔《ま》法封《ほうふう》じの他に、強制的に眠《ねむ》らせる魔法がかかっているらしい。

「ああ。これは前にあいつに使ったやつの改良版だ。ちょっと手に入ってな。これは一定時間動けず魔力も使えなくなる。悪いな、男とこんな距離《きょり》での拘束なんて」

「え？　あ……っ！　いえ……ですが、大丈夫《だいじょうぶ》ですの？」

お嬢様はそこでようやく俺と一メートルないくらいの至近距離で縛《しば》られていることに気が付いたのか、それまでの雰囲気《ふんいき》を消した。

そして少し慌てたように視線を彷徨《さまよ》わせ、俺の腹へと視線を落としながら聞いてきた。

「槍ってのは意外と細いからな。貫かれた程度じゃ死なん。ちょっと角度を調整すりゃあ重要な臓器を傷つけないように刺《さ》させるのは難しくねえ。ましてやお前は綺麗《きれい》で手本みたいな突きを出すからな」

「難しくないわけないでしょう。普通はそんなことできませんわ」

「やりゃあできるもんだよ。痛えし、すぐには死なねえってだけだから、できればやりたくねえけどな」

まじで刺されてるので痛いしキツいが、死にはしない。

そもそも、人間ってのは腹を刺されても結構生きてるもんだ。

腹を刺されて死ぬのは大抵《たいてい》が出血か、もしくは重要な臓器を傷つけたためにおこる臓器不全が原因だ。

中には刺された痛みでショック死する人や気絶してそのまま死ぬ人もいるが、冒険者《ぼうけんしゃ》と

してそれなりに痛みに慣れている俺に取ってはこの程度ならそれほどでもない。

なので臓器を傷つけず、なおかつ血が出ないのなら、覚醒者《かくせい》であり常人よりも頑丈《がんじょう》な俺は三十分くらいなら割と余裕《よゆう》で生きてられる。……いや、やっぱ余裕じゃねえわ。すっげーいたい。

けど、生きてられるってのは本当だ。

「ですが、こんな状況であっても、私ごと焼くようにいえば、先に倒れるのはあなたの方ですのよ？」

あとはこれで宮野達が来るまで待つだけ、と思っていると、お嬢様が再び真剣な雰囲気を纏《まと》って問いかけてきた。

確かにお嬢様の言う通りではあるのだが、その程度問題ない。

「ああそれな。これで捕《つか》まってると、捕まってるやつは魔力を吸い上げられて使えなくなるが、同時に外部からの攻撃から身を守るように魔法が発動するんだよ。本来は警察用だからな。口封《くちふう》じみたいな効果が必要だったんだろうよ」

「だから自爆《じばく》はするなと」

「してもいいが、意味ないぞってことだな」

実際のところ、魔法を封じられるとは言ってもこの装備は特級の相手をすることを推奨《すいしょう》はしていないので、外から攻撃されながらお嬢様が全力で暴れれば壊《こわ》れると思う。

その場合は……どうしようか？

「伊上さん！」

「浩介！」

なんてお嬢様が暴れた時のことについて考えていると、数分ほどして宮野達がやってきた。

まだ連絡してから十分も経《た》ってないはずなんだが、思ったよりも早かったな。

「ちょっ！　お腹《なか》に槍が刺さってんじゃゃない！」

「思ったより早かったな」

「そんなことより、それ。大丈夫なんですか？　なんでそんなことに？」

「臓器はそんなに傷ついてないはずだし、死にかけても治癒《ちゆ》の結界が発動するから平気だ。ついでにこの鎖は俺がやったことだから気にするな」

俺は問題ないと言ったのだが、宮野と浅田《あさだ》はそれでも心配そうにこっちを見ている。

だが、今は俺の状況よりも考えることがあるだろ。

「それよりもこいつをどうするかだが……残りは十五分ちょいってところか」

槍を掴んだままの腕に視線を落とすと、試合の残り時間は十五分以上二十分未満、という程度しかなかった。

「でも、そいつを倒せばおしまいでしょ」

「くっ！」

浅田がそう言って武器を構えたことで、お嬢様は最後の足掻きとして暴れるが、鎖が解けることはない。

あ、いや。地味に鎖から嫌《いや》な感じの音が聞こえる。このままいったら数分と経たずに拘束から抜《ぬ》けだろう。

まあ、その前に宮野と浅田の攻撃を喰らうのが先だろうけど。

だが、そんな状況になんとなくモヤモヤしたものを感じてしまった。

……なんだ？　このまま見ているだけでいいものなのか？

それが何故《なぜ》なのか分からず、だがそんな事を思ってしまった俺はそれでも浅田を止めることはしなかった。

が、突如《とつじょ》浅田達の背後から大きな炎《ほのお》の球が飛んできた。

これはあれだ。俺がお嬢様と戦ってる時に飛んできたのと同じ魔法。

最初に俺に攻撃を仕掛けてからその存在を見せることのなかったもう一人が放ったようだ。

しかし……

「きゃああ！」

魔法具で防いだとはいえ、俺でもそれほど威力がないように感じられた魔法など、今更《いまさら》宮野達には意味がない。

「これで本当にあんた一人ね」

隠《かく》れていたお嬢様のチームメンバーの一人を宮野が倒し、治癒の魔法が発動した。

その様子を確認すると、浅田は武器を構えて再びお嬢様に近寄っていった。

「このまま、負けるわけには……行かないのですっ！」

しかし、そのままでは終わらなかった。

「ぐおっ！」

「浩介！」

「伊上さん！」

なんとこのお嬢様、鎖の拘束を強引に解きやがったのだ。

その時に乱暴に俺の腹に刺さっていた槍を抜き、突《つ》き飛ばしたので、俺は宮野達の許へと不本意な形で合流することになった。

「ねえちょっと、大丈夫？」

浅田が倒れた俺に声をかけたのだが、その瞬間、宮野が俺の前に立った。

「瑞樹《みずき》っ！」

だが、俺の前に立ったのは宮野だけではなかった。

宮野と武器を合わせている形でお嬢様も立っていたのだ。

「三人相手であったとしても、私は、負けません。必ず、勝ってみせます」

鎖の拘束を強引に破ったことで残りの魔力もあまりないだろうし、疲れだってあるはずだ。

だがそれでもお嬢様の姿からは本気で『勝ってやるんだ』という想いが感じ取れた。

だから俺は――

「――俺は戦わない、ついでにこいつも戦わないから、お嬢様は宮野と二人で好きにやれ」

俺のそばへと駆け寄ってきていた浅田の腕を掴みながらそう言った。

「は？」

「っ！」

「えっ？」

俺の言葉に三人はそれぞれ反応を示したが、まあ考えていることとしては同じようなもんだと思う。

多分、『何を考えてんだ?』とか、『何言ってんだ?』とかそんなもんだろう。

突然の俺の言葉に訳がわからなくなったのか、宮野と武器を合わせたままだったお嬢様は一旦後方に跳んで距離をとると、改めて武器を構えながら俺を睨みつけた。

「どういうおつもりですか?　怪我《けが》で動けない、などと言うような理由ではありませんよね?」

「なに。宮野に勝ちたくて鍛《きた》えたのにこのまま負けたんじゃ、お前も不完全燃焼《ねんしょう》だろ」

俺達の作戦としては、相手のチームを一人倒してこっちと同数以下にし、時間いっぱいまで逃げ切る感じだった。

相手に特級が二人もいる、しかも今回は慢心《まんしん》もなく全力で挑《いど》んでくるだろうとなれば、流石《さすが》に対処するのはきつい。

なので、勝つためにそんな作戦を立てた。

だが、宮野は勝つためのその作戦に文句を言わなかったものの、不満は感じていただろう。

できることならばお嬢様と直接闘《たたか》って、その上でお嬢様個人にも試合にも勝ちたかったんだと思う。

ならちょうどいい。今はこっちの人数が減りはしたが、あっちも減っているので、今ではこっちの方が残りのメンバー数は上回っている。

残りは十分程度だし、これ以上メンバーが変動することもない。

宮野が勝てるのならそれでいいが、負けたとしても同数となり、チームとしては俺達の勝ちだ。

なら好きなようにやらせてやろう。

それに、もしこの後大逆転が起こって俺達のチームが負けたとしても、その負けは意味のある負けだと思う。だから、本当にちょうどいい。

「俺としても、こいつらの踏《ふ》み台《だい》にちょうどいいと思ってたのにこのまま終わったんじゃ、こいつらの訓練になりゃしないからな。……お前は踏み台じゃないんだろ？　勝ってみせろよ」

以前俺がお嬢様に助言をしたときに、なんで俺が助言するのかその理由は、宮野達の踏み台にするために、と言った。

その時にお嬢様は「自分は踏み台なんかじゃない」って言っていたが、ならそれを証明してもらおうじゃないか。宮野と戦えるこの状況は、お前としても望んだものだろ？

「……ならば、お望み通り勝って差し上げますわ」

「なに勝手なこと言ってんのよあんた」

頷《うなず》いたお嬢様に対して浅田は文句を言っているが、そんな浅田を無視して俺は宮野へと顔を向けた。

「お前はいいのか？　俺がこいつを動けなくしたまま終わったとしても、お前らが勝ったって本当に言えんのか？　お前は、それで満足か？」

「わかりました……ありがとうございます」

俺が問いかけると宮野は神妙《しんみょう》な表情で頷き、礼を言って前へと進んでいった。

「瑞樹はいいとしても、あたしは？　不完全燃焼って言ったら、あたしもそうなるんだけど？」

「悪いが、まだまだやる気なのはわかるがお前は休みだ」

「休みって……」

「俺はこの場から離《はな》れるわけにはいかないからな。二人の戦いに巻き込《こ》まれないように、俺の側にいて、俺を守ってくれ。こんな状態だし、余波だけで死にそうだからな」

「……むううううぅぅ………わかった」

不貞腐《ふてくさ》れた表情をしながらも、宝を守っている俺がここから動けないことも、守る者が必要だってことも理解はしているのか、最終的には頷いた。

「膝枕《ひざまくら》でもさせてやるからそれで満足しとけ」

「……普通逆じゃない？　女子高生が膝枕してあげる側でしょ。何よ、させてあげるって」

唇《くちびる》を尖《とが》らせて不満そうに呟《つぶや》いているが、そう言いながらも俺の頭を自分の足の上に乗せてんじゃねえか。半ば……九割方冗談《じょうだん》だったんだけどな。まあ、それで本当に良いなら良いけどさ。

「それじゃあ、続きといきましょうか」

「ええ。ですが、今回は単純な斬《き》り合いで終わりませんわよ」

残り十分。さて、どうなるかな？

◆◇◆◇

「ねえ、なんか瑞樹押《お》されてない？　だいじょぶなの？」

「まあ、こういう接近戦になると宮野よりもお嬢様の方が上かもな」

そうして魔法《まほう》を併用《へいよう》しての戦いが始まったのだが、見ている限りでは宮野の方が押されているように見える。

「なんでよ」

武芸の技量はお嬢様の方が上でも、基本的な性能ではそれほど差がないし、戦術や攻撃《こうげき》力《りょく》の高さでは宮野の方が上だ。

むしろ総合的に見るのなら宮野の方が上回っているだろうとも言える。

だと言うのに宮野が押されているのが理解できないようで、浅田は宮野達の戦いを睨みながら不機嫌《ふきげん》そうに問いかけてきた。

だが俺としては、まあそうだろうな、って感じだ。

身体強化の魔法ってのは、どういうわけか、そいつの使う属性によって結構効果が左右される。土だったら頑丈さ、風だったら速さ、って感じでな。

「宮野、というより雷《かみなり》系の魔法ってのは、攻撃も強化も速いし強いんだが、いかんせん直線でしか動かせない。曲線を描《えが》く雷なんてないだろ？　それに対してお嬢様の風系の魔法は、直線にとらわれず自由に動ける。接近した状態での多少の速さの違《ちが》いなんて、慣れればそれほど優位になるとは言えない。そんなもんよりは直線以外の動きができるお嬢様の方がアドバンテージがある」

アドバンテージっつっても、そもそも曲線での動きが淀《よど》みなくできるほどの技量が必要だってのがあるけど、あのお嬢様は慣れてしまえばそれくらいできるだろうな。

「瑞樹も曲線で動けてると思うけど？　背後を取ったりするじゃん」

「そりゃあ直線以外の動きができるってわけじゃねえよ。宮野は二、三回の直線移動で背後を取ってるだけ。三角とか四角とかの角形が角数を増やしていくと円に近づくってのと同じで、小刻みに修正してるだけだ」

百角形なんてものがあったとして、パッと見は円に見えるがよくよく見てみると角があるのと同じだ。宮野は曲線で動いているわけではない。

「でもさ、結果として背後に回るってことができてんならいいんじゃないの？」

「いや。小規模とはいえ何度も魔法を使えばそれだけ魔力を余計に消費するし、あれだけの速さでの短距離《たんきょり》の移動を連続で発動してれば集中力だって落ちる」

魔法ってのは結構頭を使うもんだし、それと合わせて剣《けん》での戦いをするってのは疲れるなんてもんじゃないだろう。

それに魔力の問題だってある。あんなに何度も連続で使ってたら、その消費量は結構なもんだ。

車のガソリンみたいなもんだな。止まっていてもとりあえずエンジンがかかってれば、何度もエンジンをつけたり止めたりするよりも、結果的にガソリンの消費が少なくなる。それと同じ。

「それに、あれには欠点があるんだよ」

「欠点？　何よそれ」

「そうだなぁ……お前、自分が全力で走ってる時にコンマ一秒毎《ごと》に方向転換《てんかん》しながら進めるか？　それも、速度を全く落とさずに」

「無理でしょそんなん。速度を落とすなってのもだけど、〇・一秒とか、走ってる間にすぎるじゃん」

「それと似たようなもんだ。宮野のあれは、その都度魔法《まほう》を使って指示を出してるんじゃなくて、最初からコースを決めて発動してる。じゃないと体の動きに思考が追いつかなくて魔法の発動が間に合わないからな。だから……ああ、やっぱりか」

「瑞樹っ⁉」

最初っからコースを決めて動いてるってことは、そのコースさえ読まれればわざわざ攻撃を当てに行かなくても、武器をその場所に置いておくだけで勝手に当たりにくることになる。

まあ、大前提として宮野の速度を認識《にんしき》することができる目と、それに反応できる程度の速さが必要になるが、直接攻撃を当てに行くよりは簡単だ。だからお嬢様にできてもおかしくはない。だって、俺《おれ》だってできるんだから。

まあ俺の場合は慣れだとか誘導《ゆうどう》しているからってのもあるが対処できるって意味では変わらない。長距離《ちょうきょり》なら思考する余裕もあるだろうが、こんな接近しての戦闘《せんとう》じゃあ無理だ。

だから普段《ふだん》はヒットアンドアウェイで斬って離れて斬る、みたいな戦い方をする。なんだったら接近しながら斬る、斬りながら離れる、みたいな戦い方をするんだが、上手《うま》い事は慣れるのを防がれてるな。

「くっ！」

「私はっ！　勝たないといけないのです！」

そうして宮野が動きを止めた瞬間《しゅんかん》にお嬢様が槍を突き出して宮野を攻撃するが、その攻撃は不自然に途中《とちゅう》で止まった。

「っつ！」

へえ？　宮野は移動速度は捨てて、相手の邪魔《じゃま》をするのに切り替《か》えたか。

宮野は自身を強化して避けるのではなく、電気を放って相手の動きを邪魔する方向で戦うことにしたようだ。

確かにそれならお嬢様といえど雷の速度は避けられないだろうから、相手の技を潰《つぶ》したりしてダメージを与《あた》えることができるだろうな。ただ、相手は特級だ。ちょっとした邪魔になるってだけで、あの程度の弱い電気では完全に動きを止めることはできない。

もっとも、宮野もそのことは理解しているようで砂やフェイントなんかの小細工も使ってるみたいだ。

速さと動きで翻弄《ほんろう》するお嬢様と、電気と小細工で攻撃して迎《むか》え撃《う》つ宮野……。

宮野の攻撃は当たるようになっただろうけど、速度を捨てたんだから宮野自身も相手の攻撃も避けづらくなってるだろ。これ、どっちが先に倒《たお》れるかの泥試合《どろじあい》っつーか、チキンレースじみたものになるんじゃねえか？

でもまあ、状況的《じょうきょうてき》にはお嬢様の方が有利だったし、多少強引でも行くしかないか。

お嬢様は気づいていないんだろうけど、風ってか空気を操《あやつ》って真空の層を作れば、電気は通れない。なので、そうして防御《ぼうぎょ》をされると宮野的には結構きついと思うんだよな。

つっても、魔法は物理法則の影響《えいきょう》を受けるが、基本的には不思議現象だから強引にやれば貫通《かんつう》できないこともないんだけどな。

でも、それでも通常よりは魔力を消費……浪費《ろうひ》させることができるのは事実だ。

「あっ！」

そんなことを考えながら二人の戦いを見ていると、何度も腕《うで》に電気を受けたからか、お嬢様は槍を落としてしまい、すぐそばにいた浅田が声を漏らした。

「あぐっ！」

武器を落としたお嬢様に対し、宮野は剣で斬りかかるのではなく、再び身体強化を施《ほどこ》してタックルを決めた。

確かに剣で斬るより速いかもしれないが、本当に泥試合みたいな感じになってんな。このままキャットファイトになんのか？

なんて思ったが、まさにその通りだった。さっきまでの凄《すご》い戦いが嘘《うそ》のように掴み合いの殴《なぐ》り合いが行われた。

だがそれもほんのわずかなことで、二人が倒れ込んだ場所からものすごい暴風が吹《ふ》き荒《あ》れ、その場所からも俺達《おれたち》のいる場所からも少し離れた場所に、何かが衝突《しょうとつ》するような音が聞こえた。視線を音の方へと向けると、そこには宮野が木にぶつかった状態でいた。どうやら今の風で吹き飛ばされたようだ。

「負けられない！　負けたくないっ！」

宮野にタックルされて地面を転がっていたお嬢様は、その姿を泥で汚《よご》しながらもよろよろと立ち上がると、槍を手放してしまった手を前に突き出し、残り僅《わず》かになっていた魔力を集めて魔法を構築し始めた。

「させないっ！」

魔法を構築するお嬢様に向かって宮野は急いで立ち上がると、魔力を強引に雷へと転換してそれを剣に集めて走り出す。それはまともに魔法として作られていない、とても効率の悪く、俺みたいなやつからしたら隙《すき》だらけのみっともない魔法。だが、今のこの状況に限っていえばそれでも十分だった。むしろ、それ以上のものはただ時間がかかるだけの無《む》駄《だ》なものでしかない。

魔法で加速した宮野の速度を以《もっ》てすれば、お嬢様の魔法の構築が完成するまでに斬ることができるだろう。

だがそれでも、流石は特級。その底力とでも言うべきか、お嬢様は間に合わせた。今までの訓練では見たことがない、お嬢様らしくない簡略化された粗《そ》雑《ざつ》な作りの魔法。

宮野が今使っている魔法よりも粗雑で乱暴な、ちょっとつつけばすぐに自爆してしまいそうなほどの代物《しろもの》。

だが、だからこそ間に合った。

「ハ、アアアアアアッ!!」

お嬢様は完全な制御《せいぎょ》を捨て、制御しきれなかった魔法の余波で自分が傷ついたとしてもただ宮野を倒すことだけを考えた攻撃を放ち、嵐《あらし》が二人を巻き込んで辺りを蹂躙《じゅうりん》し始めた。

「くううううっ……あああああああっ!!」

宮野はそんな圧縮した小型の台風とも言えるお嬢様の魔法に向かって真正面から突っ込んでいき、帯電させた剣を構えるとそれを振《ふ》り下ろし——斬った。

その瞬間、宮野の雷と天智の風がぶつかり合い、混ざり合い、ただでさえすごかった風が暴風となり、雷を伴《ともな》って辺りを蹂躙する。

「くおおっ⁉　まっず――」

二人の攻撃がぶつかったことで暴風と雷が吹き荒れ、周辺の全てを破壊《はかい》し、吹き飛ばしていく。

腹に開いている穴のせいもあるが、油断して寝転《ねころ》んでいたこともあって咄嗟《とっさ》に動くことができなかった俺は、慌《あわ》てて体を起こしつつ自分達を守るために結界を張ることにしたんだが……まずいかもしれんな、これ。

結界を張っていたが、なにぶんとっさに張った急拵《きゅうごしら》えなものなので、二人の攻撃がぶつかった余波だけで結界は容易《たやす》く悲鳴をあげている。

「きゃあああっ！」

そして悲鳴をあげているのはこっちにもいた。突然の暴風と雷が予想外だったのか、浅田は俺にしがみついてきた。だが、すまん。もう無理だ。

直後、パキャッと卵の殻《から》でも砕《くだ》けるかのように情けない音とともに、結界は砕かれ、消え去ってしまう。

結界が壊れたことで、吹き荒れる風と破壊を撒《ま》き散らす雷の衝撃《しょうげき》によって俺は浅田ごと吹き飛ばされてしまった。

「うごっ――」

浅田にしがみつかれたまま風に飛ばされ、俺は周囲にあった木に体を打ち据《す》えることとなった。だが、それでも雷が直撃《ちょくげき》しなかっただけマシだな。痛いことに変わりはないが。打ちつけた背中よりも、腹に開いた穴の方が痛い。この痛みでどうしてまだ治癒の魔法が発動していないのか不思議なくらいだ。

っつーか浅田よ。お前、しがみつかなくてもどうにかなっただろ？　気合いで踏ん張れよ。

吹き荒れる風と雷が消え、二人の戦いが終わったことを理解すると、俺は木に叩きつけられたことで痛む体に鞭打《むちう》って呻《うめ》き声を漏《も》らしながらも顔をあげる。

顔を上げた先では土煙《つちけむり》が舞《ま》い、どちらが残っているのかわからない。

しばらく待っていると土煙も収まり、徐々《じょじょ》に人影《ひとかげ》が見えてきた。

そして、視界が晴れたそこに立っていたのは――

◆◇◆◇

「いやー、まさかあそこから逆転されるとは思いもしなかったなー」

結局、俺達はまたお嬢様のチームに負けた。

あの最後の宮野とお嬢様の戦い。あれ自体は宮野の勝利で終わったのだが、あれはゲームだ。あの二人の戦いだけで勝敗が決まるわけではない。

お嬢様には勝ったが、ルール的には俺達の負けとなってしまった。

いや、まさかだな。まさか、あんなふうに負けるとは思ってもいなかった。

「あんたのせいじゃん。宝を守りきれなかった責任とってよね」

「デート一回」

「を、四人分で四回ですね」

「え？　え？　わ、私もデートするの？」

「当然」

「ざけんな！　あんなん防げるわけねえだろっ！」

負けた原因は俺にあるんだと浅田達は言っているし、他のメンバー達もなんか言っているが、ふざけんなと言ってやりたい。というか言ってやった。

「防御を用意した地面ごと抉《えぐ》れてたんだぞ？　あの場所を見てみろよ。一切合切《いっさいがっさい》何にもなくなってんじゃねえか！」

俺達は宝に何重にも守りを施した上で地面に埋《う》めていたのだが……うん。守りどころか地面ごと吹き飛ばされた。

そのため、俺達のチームは宝を失うこととなり、残り時間十数秒というところで負けとなった。

本来は相手チームの宝を壊したらいけないのでお嬢様《じょうさま》にも責任があるようにも思えるが、あの場合は地上で吹き荒れていた嵐よりも、嵐を破壊するための雷の方が原因だと運営側に判断された。

確かにお嬢様の攻撃も凄かったが、それの効果のほとんどは地上に向けたれていた。

だが宮野の攻撃そうではない。振り下ろされた剣から放たれた雷はお嬢様の魔法とぶつかり、そのまま地面を砕き、吹き飛ばしたのだ。

二人の魔法がぶつかったせいということもできるが、まあ八割方宮野の攻撃のせいだろう。

「まあ、それはやりすぎたかもしれないですけど、ほら、伊上さんが堪《た》えていれば判定で勝ったかもしれないじゃないですか」

「いや待て、あの暴風と衝撃の中でその場に留《とど》まって宝を守るのは無理あるだろ。結界張ったのに壊されたんだぞ？」

咄嗟に結界を張れただけでも褒《ほ》めてほしい。

「でも結果は結果よ。あーあ、また負けちゃった」

「しがみついて悲鳴をあげてただけのやつは黙《だま》っててくんね？」

「むうぅぅ……なによその言い草。仕方ないじゃん。だっていきなり雷がそばに降ってきたら誰《だれ》だって怖《こわ》いでしょっ」

「喰らっても死なないんだから気にするなよ」

「それとこれとは別っ！」

そうして救護室で話していると、誰かが部屋の中に入ってきた。

「――あれだけの試合後だというのに、あなた方は元気ですわね」

やってきたのはお嬢様のようだ。こっちは特級の工藤と戦って負けた安倍《あべ》と北原《きたはら》以外は、特に重傷ってわけでもないのだがお嬢様は違う。宮野と戦ったあとは魔力《まりょく》切れと、宮野の剣を受けたことで、地面に倒れていた。

治癒を施されたとはいえ、まだ疲《つか》れは抜けていないだろうにわざわざここまできたようだ。

「ああ、お嬢様。勝利おめでとう」

「……うれしくありませんわね」

「なんだ、あれだけ勝ちたがってたってのに、うれしくないってか」

まあでも、その気持ちもわかる。あれは求めていた勝ちとは違っただろうな。

「あのような形で勝ったと言われても、納得《なっとく》できるはずがありませんわ」

お嬢様は不機嫌そうな表情でそう言うと宮野へと視線を向けた。

だがお嬢様は宮野だけではなくどんどんその場にいた他の奴《やつ》らにも視線を移していき、最後には俺を見て視線を止めると、ゆっくりとため息を吐《は》き出した。

「それにしても、あれほどまでに無様に泥に塗《まみ》れて戦ったにもかかわらず負けてしまうというのは、悔《くや》しさを通り越《こ》して情けないですわね。こんな怪我までして……かっこ悪い」

その視線の先には肘《ひじ》から先の服が不自然に途切《とぎ》れていた腕があった。

最後の宮野の剣を受ける寸前に腕でガードしたらしいが、腕ごとぶった斬られたらしい。

まあ治癒師もいたしすぐに治療《ちりょう》したので、今ではしっかりと腕がくっついているけど。

しかしまあ、その評価はちっとばかし卑下《ひげ》しすぎだ。少なくとも、俺はかっこ悪いとは思わなかった。

「無様で何が悪い。泥に塗れて何が悪い」

「え」

「どれほど傷がついてようが泥で汚れようが、本当に綺麗なもんは変わらず綺麗なままだし、かっこいいもんだろ。むしろ傷や泥がそいつの歴史を増やして、価値を上げてくれるってもんだ」

苦労をしていない、傷一つ負ったことのない奴ってのは確かに綺麗なんだろう。温室で丁寧《ていねい》に育てられた花みたいにな。

綺麗な姿。綺麗な言動。綺麗な心。

それらに価値がないとは言わないさ。だが、そんなもんは底が知れる。

「だから、その泥臭《どろくさ》さを誇《ほこ》れよ。その傷はお前の努力の証拠《しょうこ》だ。ついた傷の数だけ魅力的《みりょくてき》になったんだって胸を張れば良いんだよ」

少なくとも個人的には、前みたいななんでも綺麗に、完璧《かんぺき》にこなそうとするお嬢様よりも、泥臭くても勝つために必死に足掻《あが》く姿の方がよっぽど好ましい。

「勝負そのものに負けたのは悔しいだろうが、情けなく思う必要なんざどこにもねえ。お前は十分かっこいいよ」

それが偽《いつわ》らざる俺の考えだ。もしあの戦いを見てみっともないだとか無様だとかいう奴がいたのなら、そいつは見る目がない。節穴もいいところだ。

「──っ……次こそは、私達《たち》が、勝ってみせます……っ！」

「そりゃあ俺じゃなくて宮野に言えや。そもそも試合そのものは今回もお前達の勝ちだろ」

前回に引き続き、今回も勝負に勝って試合に負けたって感じなんだよな。

「でもまあ、あれだ。――期待してるぞ。天智」

今後も宮野達の良きライバルとしていてくれることを。

それと、純粋《じゅんすい》に成長した姿を見せてくれることを。

だが、俺がそう言うと何か気に入らなかったのか、天智はブスッと顔を顰《しか》めてそっぽを向いてしまった。

前に名前で呼べって言われたし呼んでみたんだが……やっぱり馴《な》れ馴れしかったみたいだ。もしくは生意気な言葉が気に入らなかった？

まあどっちにしても、間《ま》違《ちが》えたものは仕方がない。次からは呼び方を戻《もど》して、色々と気をつけよう。

「ほら、お嬢様。自分を敗者だって言うんなら、敗者はさっさと帰って訓練でもしてろ」

「なんですの、その言い草は」

俺が追い払《はら》うように言うと、お嬢様は顔だけではなく声まで不機嫌そうにして俺を睨《にら》みつけてきた。

「ですが、そうさせていただきますわ。次こそは勝つために」

しばらく俺を睨んでからため息を吐くと、お嬢様はそう言ってから俺達に背中を向けて歩き出していった。

そんなこんなで俺達の今年のランキング戦は終わり、次こそは勝つんだと意気込《いきご》んだ宮《みや》野《の》達が早速《さっそく》訓練に取り掛《か》かっていたある日、いつものように訓練をしていると誰かがこちらに向かってやってきた。

誰だと思って顔を向けると……まじか。来てほしくないやつがそこにはいた。

「やあやあ、お疲れさまー」

「なにしに来た」

「うわー、ひどいなぁー。なにしにって、お疲れの挨拶《あいさつ》だよ。頑張《がんば》ってたみたいだし、ちょっとお話にきただけだよ」

話ねぇ……。まあ宮野達の訓練に付き合ってもらったんだし、普通《ふつう》に話すくらいなら良いやつだってのは事実だ。少しくらい話をしてやっても良いだろう。

「──あ、そうだ。戦いの前に教えると集中できないから伝えなかったんだけど、伝言があるんだ。……聞きたい？」

そう思って話をしていたのだが、ジークは唐突《とうとつ》に何かを思い出したかのようにそんなふうに聞いてきた。

「聞きたくない。そのまま帰れ」

だが、んなもんはノーセンキューだ。もう最低限の会話はしたわけだし、なにも言わず、黙ってそのまま帰れ。

「そう？　じゃあ教えてあげるけど……」

「聞きたくねえって言ってんだろうが！」

しかし俺の言葉は虚《むな》しくスルーされ、ジークは話を続けていく。

「君達もそのうちにこっちに来ることがあるだろうけど、君と話したいって人が首を長ーくして待ってるよ」

「……話したいやつ？」

「そそ。心当たりあるでしょ？」

「……誰だ？」

外国で俺の知り合いってそんなに多くねえと思うんだけど、誰だろうか。マジで思いつかないが、なんだか無性《むしょう》に嫌な予感がする。

「忘れちゃったの？　君が向こうでやらかしたあれこれ」

向こうでやらかしたあれこれ……？

向こうってのは、こいつの故郷であるイギリスだろ？

確かに前に行ったことがあるが、正直なところ、俺は向こうに行った時に何かをしたって記憶《きおく》は特にない。

いやまあ、一応突発的《とっぱってき》なゲートの処理に参加して多少は貢献《こうけん》したかもしれないが、わざわざ話したいってほどのことをしたってわけでもないと思う。

強《し》いて言うのなら、最後に呼び止められた時にちょっとばかし強引《ごういん》に逃《に》げたくらいか。なんか全身鎧《よろい》を着たヤバそうな奴らに呼び止められて怖かった記憶がある。

──あ。……待って。もしかして、あいつらか？

「伊上《いがみ》さん、何かしたんですか？」

「なに？　なにやらかしたのよ？」

「犯罪、ではないよね？」

「……未成年淫行《いんこう》？」

犯罪、はしていない、はず。というか安倍《あべ》。お前は俺をどういう目で見てるんだ？　お前のは冗談か本気かわからないんだよ。もし本気で言ってんなら、一度よく話し合った方がいいと思うんだが？

「んなことしてねえよ。俺が犯罪行為《こうい》をするように見えるか？」

「んー……ビミョーかも？」

「基本的にはしないと思いますが、必要なら、もしかしたら……？」

なんて信用のない……いや、ある意味信用されてるのか？　でもまあ、自分でも言ってみてから思ったが、確かにそれが必要なことならやるかもな。いや、淫行はねえけどさ。

「なんにしても、そのうち来るんでしょ？」

来るって、イギリスにか？　別にそんな予定なんてねえけど、何言ってんだこいつ？

「は？　なんでだ？　行く用事なんてないぞ？」

「でも、君の教え子は勇者なんだから一度は挨拶回りしないとでしょ。それが任務か旅行かはわからないけど、いくつかの国は回らないとなんだから、そこでねじ込んでくると思うよ」

「あー……」

そうか、それがあったか。

勇者はその存在を知らしめるために、勇者として認められたらいくつかの国を回るのがマナーとなっている。まあ元々『勇者』なんて存在は一般《いっぱん》市民達を安心させるための存在だし、他国に自分の国の勇者を——戦力を見せつけることができる。

そうして色々と思惑《おもわく》が混じってできた慣例だが、無くすほどのことでもないし宮野もそのうちやることになるだろうな。

「なし、って訳には……」

「いかないだろうねぇ」

だよなぁ。何せ自国の存在感を強めることができる機会なんだし、大した手間じゃないんだからやらないわけがない。

今はまだ宮野達が学生ってこともあるから何も言われていないが、卒業後は色々と回ることになるだろうな。

「だからさ、もしいつか君達が来ることがあったら、その時は歓迎《かんげい》するよ。なんだったら、君のことを今でも想《おも》ってくれてる騎士《きし》様も呼んであげるから」

「いらねー……」

「ははっ。まあ、僕《ぼく》が呼ばなくっても多分……いや、まず間違いなく君に会いに行くと思うけどね」

だろうな。んで、俺に会ったらまず間違いなく喧嘩《けんか》になる。いや、喧嘩っつーか説教とか文句とかか？

まあ何かしらは間違いなくあると言い切れる。何せ、それだけの事をした自覚はあるし。

「まあ、とは言っても絶対にそうなるって話でもないんだ。いつか来ることになるかもしれないし、もしかしたら一生会わないで済むかもしれない。だから〝いつか〟の話さ。いつかもしこっちに来ることになったらその時は、ってさ」

来ないでほしいいらねえ未来を思ってため息を吐いた俺を見て、ジークは楽しげに笑って話すと、こっちの返事を聞くことなくそのまま去っていった。

来るかもしれない〝いつか〟か……。そんな日は一生来なくてもいいんだけどな。

「それで、何があったんですか？」

「なんか偉《えら》い人と喧嘩したんしょ？」

ジークがいなくなるなり、興味津々《きょうみしんしん》と言った様子で宮野と浅田《あさだ》が声をかけてきた。

「喧嘩じゃねえよ。ただ、ちょっと向こうで巻き込まれた問題を解決するために利用して、そいつらが怒《おこ》ってるだけだ」

自分でも不愉快《ふゆかい》にさせる行動だったとは思っているが、必要なことだったとも思ってる。というか、あの騒《さわ》ぎは俺だけじゃなく向こうにも原因がある。なんだったら向こうが仕掛《しか》けてきたことだ。つまり俺は悪くないと言ってもいいだろう。

もっとも、そんな言い分は聞き入れてもらえないだろうけどな。

「その相手が騎士《きし》様？」

「まあそうだな。向こうには騎士団なんてのがいるんだよ。ちゃんと鎧着て剣と盾《たて》持ってるぞ」

あいつら、本当に『騎士』やってんだよな。防具が必要なのも武器が必要なのもわかるけど、あの格好で街を巡回《じゅんかい》してるのを最初に見た時は笑ったわ。

「それって、『聖ジョージ黄金騎士団』ですか？」

「なんだ、知ってんのか」

「イギリスの騎士団は有名ですから」

写真とかは出回ってるし、当然ちゃ当然か。あの国では冒険者《ぼうけんしゃ》よりも騎士団に憧《あこが》れて所属するやつが多いらしいし。

騎士団って言っても、政府直属組織から非公認《こうにん》の自警団まで様々だが、目的自体は大体同じだ。冒険者と同じようにモンスターを狩《か》る。ただ、冒険者が自分からゲートに突《つ》っ込んでいくのに対して、騎士団はゲートから出てきたモンスターや壊《こわ》れそうなゲートを中心に対処する人助けを優先してる感じだ。

俺が揉《も》めたのは、そんな騎士団の中でも最上位に位置する政府公認の騎士団でメディア露出《ろしゅつ》もかなりある奴らだ。だからイギリスに行ったことがない宮野が知っていてもおかしくないな。

「にしてもさー、巻き込《こ》まれたって、あんたほんとーにどこ行ってもなんかしら起こすよね」

「俺が起こしてるわけじゃねえよ」

というか、できることなら何も起こらずにいてほしいとすら願ってる。

「でも毎年何かしら騒動《そうどう》起こってんでしょ？」

「……それ言ったら、今年は年一どころか年数回起きてんだから、お前達も騒動を起こす側だろ」

「コースケの呪《のろ》いが強化された？」

「呪われてねえし強化されてたまるかよ！」

これでもくそ高え金払ってお祓《はら》いに行ったんだぞ！　国からも手配できる最高の霊媒師《れいばいし》を呼んでもらったりもしたんだ。その結果何もなかったんだから、呪いなんてかかってねえってことだ。

……まあ、それはそれで嫌《いや》なんだけどな。だって呪われてもねえのに厄介事《やっかいごと》が襲《おそ》いかかってくるんだし。

もし仮に誰にもわからないような呪いがかかってるとして、そんなものが強化なんてされたらたまったもんじゃない。そんなことになってたら、本気で神様を恨《うら》むぜ。

「あ、あの。それで、具体的には何があったんですか……?」

「あー……それはまた今度な。機会があったらそん時にでも教えてやるよ」

さっきのジークの言葉じゃねえけど、〝いつか〟な。いつか語る機会が来たら、そん時は俺のやらかしでもなんでも、話してやってもいいかもな。

To be continued...?

あとがき

みなさんお久しぶりです。この度は『勇者少女を育てる』の第六巻を手に取っていただき誠にありがとうございます。

正直なことを言うと、こうして再びみなさんに手に取っていただけるとは思っていませんでした。個人的には前回の五巻で連載が終了するかと思っていたので、前回のあとがきはだいぶ後ろ向きというか、ネガティブな感じになっていたと思います。

ですが、今回連載終了を乗り越えて六巻を出すことができたことを本当にうれしく思っています。

さて、そんなわけで出すことができた第六巻でしたが、いかがでしたか？

今回はＷｅｂ版にもあった話を元に、書籍版の限定キャラである姪の咲月の話と、伊上のファンであるジークの活躍をちょこっと追加、それから全体的な手入れをしたものとなっていますが楽しんでいただけたでしょうか？

咲月の出番が追加されたのは咲月が書籍版限定キャラだから当然と言えば当然のことですが、当初ジークはＷｅｂ版のまま大して活躍をしないで終わるはずだったんです。でも、打ち合わせの段階で担当さんからジークの場面を増やした方が、と提案があったので増えることになりました。ジークの場面がかっこよかったと思った人は私ではなく担当さんの方に感謝をしてください。

……さて、この後はどうしましょうか？　特に語ることはないんですよね。なんだか前回の五巻でも書いた気がするけど、本当にあとがきに書くことがなくて困ってます。本作の内容なんて、私が書きたいことは全部書いたんだから、あとは読んだ人自身がその人なりの判断をしてくれ、としか言えないし。

作者である私が最近何にはまっているかとか、こういうことが好きなんですとか、読者からしてみれば興味なんてないでしょう？（笑）

ただ、書くことがないので文字数稼ぎに書いておくと、最近はＶｔｕｂｅｒにはまってますね。推しは個人が一人とホロが一人です余。

ああそうだ。その関係で気づいたんですけど、私は自分のことをオタクだと思ってたけど、ただのアニメ好き、ゲーム好きだっただけなんだなって思ったんです。

オタクって、本来はアニメやゲームだけじゃなく、特定の事柄が好きで好きでしかたなくって、後先や周りの評価なんて考えないでその好きなことに自分のすべてを突っ込む人のことを言うと思ってるんですよね。

でも私は人生において今まで一度も何かを全力で求めることをしたことがなく、好きなゲームやアニメのキャラのグッズが出ても、預金などについて考えて、「これは本当に必要か」とか「これを買う意味はないんじゃないか」と頭の中でストップがはいってしまい、途端に冷めてしまうので、「ああ、自分ってオタクじゃなかったんだな」と悟りました。

まあ、それでも世間的にはオタクなんでしょうけど、なんて言うかオタクって凄いやつらなんだな、と思いましたね。好きなことのために全力になれる人はそれだけで凄いと言える人だと思います。

みなさんも、オタクになれとは言いませんが、何か自分が誰はばかることなく自信をもって好きだと言えるものを見つけた方がいいですよ。その方が人生に彩が出るし、私みたいに創作に関わるときも役に立ってくると思います。私なんて、好きなものも叶ってほしい願いもないせいで個性がないから、作品でも個性の薄いキャラしか書けないし……

それはそれとして、好きなものは書いたし後は何を書こうか悩みますね。……まあ宣伝でも入れておきましょうか。

現在『勇者少女を育てる』は漫画も出ています。もうすでに知っている人、読んだよという人はいるかもしれませんが、その場合は他の人にもこの本を勧めてくれると嬉しいです。

あ。あとＷｅｂにて『勇者少女を育てる』以外にも書いてます。基本的に毎日更新しているんで、そっちも読んでもらえたら嬉しかったり……

さて、これだけ文字を稼げば十分でしょうし、あとがきはこの辺にしておきましょう。

それでは最後に、この本を手に取っていただいた皆様に改めてお礼を申し上げます。

そしてこの本を制作するにあたって協力いただいた担当さん、絵師の桑島さん、校閲さん、誠にありがとうございました。コミック版に関わっている皆様もありがとうございました。

これからも『勇者少女』をよろしくお願いします。

HJ文庫 https://firecross.jp/
1177

最低ランクの冒険者、勇者少女を育てる 6
～俺って数合わせのおっさんじゃなかったか？～

2024年7月1日　初版発行

著者――農民ヤズー

発行者―松下大介
発行所―株式会社ホビージャパン
〒151-0053
東京都渋谷区代々木2-15-8
電話　03(5304)7604（編集）
　　　03(5304)9112（営業）
印刷所――大日本印刷株式会社
装丁――小沼早苗（Gibbon）／株式会社エストール

Printed in Japan
ISBN978-4-7986-3585-9　C0193

ファンレター、作品のご感想
お待ちしております

〒151－0053　東京都渋谷区代々木2－15－8
(株)ホビージャパン HJ文庫編集部 気付
農民ヤズー 先生／桑島黎音 先生